Juliette Mouquet

I0654884

Fracas identitaires

nouvelles

Éditions Dédicaces

FRACAS IDENTITAIRES, par JULIETTE MOUQUET

Photographie de la couverture :
LAURENT WAECHTER (www.laurentwaechter.fr)

ÉDITIONS DÉDICACES INC.
675, rue Frédéric Chopin
Montréal (Québec) H1L 6S9
Canada

www.dedicaces.ca | www.dedicaces.info
Courriel : info@dedicaces.ca

2

Juliette Mouquet

Fracas identitaires

A toutes les âmes qui me sont chères.
A ma Maman, partie trop tôt,
rejoindre l'immensité aux épaules de sable ;
que toutes les émotions, qui impacteront
les yeux de ceux qui lisent, lui soient transmises...

« Il y a une question sérieuse,
vous savez, il n'y en a pas cinquante :
quel est le sens de notre vie ? »

André Malraux

Clair-obscur

Je cherche le sommeil mais il refuse de venir. Mes pensées en grappe s'amoncellent comme des raisins au goût de sel. Je me retourne dans le lit, la ligne étrange entre la conscience et le lâcher prise reste infranchissable. La lueur en face de ma fenêtre danse à travers les stores mi-clos... Comme le plafond de ma chambre est haut ! Quelles sont ces petites lucioles qui patinent sur sa blancheur ? Je me lève pour faire entrer de l'air dans la pièce et, alors que j'ouvre les battants en bois de la grande fenêtre, une bourrasque de flocons pénètre insidieusement ma bouche ouverte par un bâillement. C'est merveilleux ! Il neige sur Paris. Je me penche, les voitures garées dans la rue des Écoles sont immaculées. Un être emmitouflé dans un long manteau de cuir noir fait résonner son pas sur le macadam désert et vierge de tous soupçons. Soudain, il lève la tête. Je me détourne, éloigne ma silhouette de la fenêtre en attendant que l'écho de sa présence s'éloigne et devienne imperceptible. Je reviens alors poser mes rêveries sur ce spectacle, c'est la première fois que je vois Paris sous la neige. J'ai envie de courir dans ce blanc, de m'enivrer des tendres faveurs du ciel. Demain, les trottoirs seront bondés et le blanc noirci. Quitte à ne pas dormir, autant m'offrir du rêve les yeux ouverts. Je sors des vêtements chauds de la grande armoire en chêne qui fait face à mon lit. Le plancher grince. J'allège la pression de mon pied sur la planche capricieuse, referme doucement la porte de la chambre puis remonte le grand couloir sans faire de bruit. Une pensée me submerge. Je regarde dans la cuisine. L'évier ne porte aucune gouttelette d'eau dans sa vasque, marque d'un récent passage.

Dans le salon, la sacoche en cuir marron n'a toujours pas bougé, là, en dessous de la grande cheminée qu'il n'allume jamais. Aucune trace de Gabin depuis maintenant trois jours. C'est long et étrange. Je me décide à entrer dans sa chambre ; mon cœur tambourine à l'idée de transgresser son intimité. Il est si respectueux depuis mon arrivée. Mais, j'ai l'excuse de l'inquiétude : il faut que j'en aie le cœur net, que je sache s'il est là. Son absence devient suspecte. En ouvrant délicatement la porte aux huisseries anciennes repeintes en blanc, je vois très rapidement que les volets sont ouverts et le lit vide. La perspective de ma flânerie dans ce Paris sous couverture hivernale me semble tout à coup moins innocente. Je prends mon élégant jeu de clés. Rien n'est laissé au hasard chez Gabin. On voit bien que cela fait des générations que le luxe se transmet avec du raffinement et de l'éducation car, venant d'un milieu modeste, je ne supporte pas la vanité et la vulgarité des nouveaux riches. Une urgence vient saisir mes jambes ; je dévale les escaliers laissant l'ascenseur capitonné avec sa vieille grille verte au repos. Mon esprit s'active. L'éclair de l'émerveillement me reprend quand j'arrive sur le seuil. En passant sous la porte cochère, je jette mes bottines dans la couche fragile de neige, qui, par endroit s'épaissit plus qu'à d'autres. Mon souffle est assez court ; je m'amuse de la fumée qui sort de ma bouche, de ces lois physiques et thermiques sur lesquelles sont accrochées nos joies d'enfant. J'arrive à l'angle de la rue Monge, toutes les vitrines sont silencieuses. Je goûte un instant au plaisir d'être seule, en avance sur les pas des gens pressés du lendemain. Je pense au restaurant de la rue Jean Bart à Brest, qui m'a protégée tant d'années, au sourire de Léontine, Albert, Gloria, ma famille d'accueil. Aujourd'hui je réalise un rêve enfoui, celui de monter à Paris pour étudier la littérature à la Sorbonne. Les murs gigantesques et boisés des vieilles bibliothèques avec des rails grippés et des échelles immenses me donnent l'élan d'une sécurité, celle qu'apporte le savoir. Mes parents sont morts quand j'avais 8 ans, brutalement, tous deux emportés dans un accident de voiture. J'étais à l'arrière et par miracle j'ai survécu. Je me suis relevée d'un traumatisme crânien qui m'a laissé une lésion irréversible du nerf olfactif. J'ai perdu totalement l'odorat et la sensibilité aux flaveurs des aliments. Ce handicap ne se voit pas mais sa douleur est immense ; je ne sens plus rien : impossible de savoir si mes vêtements sont sales, de détecter une fuite de gaz, de sentir si la nourriture est bonne ou avariée, de me souvenir d'une odeur, de respirer la peau d'un amant. J'ai accru les sens qu'il me reste notamment la vue en dévorant les livres. Après quelques années de solitude par à coups, une famille d'accueil m'a gardée pour de bon. Le restaurant « Le Mât de Recouvrance » est alors devenu mon repère d'humanité : j'y ai travaillé quelques années, après avoir eu mon bac avec mention. A l'époque, je voulais poursuivre mes études. Albert était d'accord mais je suis tombée amoureuse bêtement. Je m'étais faite à l'idée d'ouvrir boutique avec lui, mon Rodolphe, un boulanger drôle et doux. Un bel impos- teur, faisant mie généreuse sur mes lèvres et patte blanche sur mon esprit naïf. Notre amour a fait chou blanc au bout d'un an : je l'ai surpris la main dans le corsage d'une fille à la gorge plus large que moi ! C'était bête, à l'angle de la rue Jean Bart, en plein midi laiteux, j'étais censé servir. Nous étions à court de pain pour les ados pressés qui ne commandaient que des croque monsieur. Il faut dire que ma mère adoptive avait la réputation de leur donner un goût unique avec du comté mêlé au gruyère fermier. Et mon Rodolphe jouant à croque dame devant le parc. Lorsque j'ai vu le haut de son crâne se relever, enivré de la poitrine juteuse de cette fille, j'ai cru devenir folle. Je n'ai jamais pu redonner de la voix comme cette fois là ! J'ai hurlé comme un veau privé de son lait, comme une jeune fille perdue dans d'immenses vagues froides. Je ne pouvais rien faire d'autre. Les passants s'arrêtaient interloqués par mes cris hystériques ; Rodolphe tournait tel un mauvais clébard en faute et la fille s'était enfuie comme une antilope. Une vraie jungle en naufrage devant le parc. C'est Albert qui m'a trouvée, intrigué par le temps que je mettais à ramener le pain. Il ne comprenait rien au départ, il pensait que je m'étais foulée la cheville pour crier de la sorte. Une trahison prise en pleine figure est un choc violent dans la course du cœur. Rien ne se voit mais tous les nerfs dégorgent une acidité insupportable. Après avoir crié ma rage, rien n'était pour autant soulagé. J'ai eu des tremblements pendant quelques heures. Au fil des jours de renoncement à revoir Rodolphe pour une explication que je ne daignais surtout pas entendre, il a fallu cureter tous les beaux projets, les gluants souvenirs. Un amour avorté. Une tristesse de fond de cale me prenait la gorge ; je ne pouvais plus parler. Je revivais l'état injuste de l'abandon, à la fois de mes ascendants et maintenant de mon hypothétique romance. J'étais comme un lien sans origine. D'ailleurs, pouvait-on encore parler de lien ? Aucune racine ne restait dans mon sol ; aucune branche ne s'étendait vers le ciel de l'avenir. J'étais une souche morte. Le vide m'habitait. Le vide c'était moi. Albert et Léontine me laissaient de longues heures dans ma chambre. Ils me déposaient un plateau repas et quelques petits mots d'attention ; leur patience était immense. Un jour, ma sœur adoptive Gloria, qui connaissait ma passion pour les livres, m'en a déposé un au pas de la porte : « Bonjour tristesse » de Françoise Sagan. J'aimais la franchise de Gloria, cette capacité qu'elle avait à respecter les états d'âme des autres. Elle ne brisait jamais un silence même si ce dernier lui faisait mal. Elle ne parlait jamais à la place d'un autre. Elle avait cette qualité rare de respecter les gens dans leur totale identité, sans chercher à les convaincre d'être autrement. Ce livre n'était donc pas un manuel pour sortir de la dépression en dix leçons. Non, ce livre était la tristesse assumée d'un être. Il fut une révélation pour moi. Je remercie encore Gloria. Après un été où je recommençais à sourire, je voulais que mon rêve ne souffre plus de mon manque de courage. Je décidais de démarrer mes études. Grâce aux relations de mes parents adoptifs qui étaient nombreuses, conséquence directe de leur métier, nous avons pu trouver l'hospitalité parisienne d'un cousin de Denis, un habitué de longue date du restaurant. Nous n'avions nullement les moyens de me payer une chambre à Paris, et pour moi faire des études, c'était la Sorbonne, sinon rien ! La concrétisation de mon projet embryonnaire et poussiéreux prenait un élan magistral depuis cette rentrée prometteuse. Aujourd'hui, je prends conscience que la présence ponctuelle et chaleureuse de Gabin habite entièrement cet accomplissement. Ma reconnaissance envers cet homme qui m'héberge est immense, mon admiration sans limites. En dépassant la rue Cuvier, pour plonger ma silhouette dans l'abri ouateux du jardin des Plantes, je réalise à quel point il me manque. Gabin est un expert financier à la retraite. Il se lève tous les matins très tôt. A six heures, je perçois sa délicatesse à ne pas faire de bruit. Quand je me lève une heure après, mon bol est posé sur un set de table en osier. Je n'ai plus qu'à appuyer sur la cafetière et le grille-pain pour bénéficier d'un petit déjeuner protecteur. Les petits gestes de Gabin à mon égard comblent, par salves infimes, une blessure sur laquelle mes rêves se sont accoudés, comme une barrière entre moi et moi-même. Ces derniers mois, mon esprit tourmenté a fait une pause. Un trou d'air dans la course. Je suis toujours étourdie de joie quand je monte les marches de la Sorbonne, quand j'use mes yeux sur les gravures immenses de ces grands hommes de Lettres ou de Sciences. Assise sur les sièges usés de l'amphithéâtre, idée d'appartenance aux penseurs, je me dis que je participe à l'œuvre humaniste. Mes liens avortés se déploient et enroulent leur détresse, leur soif de connaissance, sur le bois usé de ces tablettes, sur l'ardoise blanchie des tableaux. Enfin j'existe ! Je trouve une contenance, comme une légitimité à être née. Gabin, qui n'était pas obligé de s'intéresser à mon projet de vie, se penche délicieusement sur mes attentes, sans même qu'elles ne soient encore formulées dans mon esprit. Il me propose de l'accompagner à des soirées littéraires, de rencontrer quelques écrivains contactés dans son carnet d'adresses parisien. Le soir, il dépose devant ma porte une citation littéraire sur un petit papier. La dernière était de Marguerite Yourcenar « *L'éther aura cette curieuse propriété de me rappeler une souffrance mais de l'effacer aussitôt.* »

Que cherchait-il à me dire ? Et pourquoi ne pas m'avoir prévenue de son absence ? Au début de mon emménagement, il n'était pas rentré une nuit, mais je ne m'étais pas inquiétée. Nous en étions encore à un rapport pudique. Il m'avait demandé de respecter quelques règles de vie pour la cohabitation. Une femme de ménage passant deux fois par semaine, les contraintes ne sont guère nombreuses. Ramasser mon linge, faire mon lit et rincer mon bol de café sont largement à la portée d'une petite provinciale travaillant, jusque là, dans un restaurant.

Je décide de rentrer à l'appartement, espérant enfin retrouver son souffle dans le salon. En frottant mes mains gainées par le froid, le dépit m'envahit devant la pièce dépeuplée. Il n'est toujours pas revenu. Ma sensibilité accrue dessine dans le fauteuil vide son visage bienveillant et sage. En pleine confusion des sentiments, je me sens comme Stephan Zweig déchiré par le départ imprévisible de son maître. Les murs immenses, le parquet grinçant, la prestance de cet appartement vide me donnent l'envie de pleurer. Demain à 13h, j'appellerai le restaurant pour parler à Denis, pour savoir où diable a donc pu passer son cousin !

— Restaurant au Mât de Recouvrance…
— Tine, c'est charlotte.
— Ma chérie, tu vas bien ?
— Euh... Oui ça va. Bon je sais que tu es en plein service... Denis est là ? Peux-tu me le passer ?
— Rien de grave au moins ? Il se conduit bien avec toi, son cousin ?

10

— Oui, un vrai gentleman, juste, il ne rentre plus. Disparu !

— Comment ça, disparu ?

— D'habitude, il rentre de ses activités vers 21h. Et là, plus rien depuis lundi.

— Mouais, bizarre... Je te l'appelle, je t'embrasse bien fort.

Après quelques minutes d'échanges avec Denis, je raccroche déçue :

— Tu sais ma belle, Gabin a toujours été solitaire et indépendant. Nous avons très peu de contacts. Juste quelques vœux échangés pour les fêtes. Dans sa carte, cette année, il parlait d'un voyage lointain qu'il se préparait à faire. Il n'est pas revenu en Bretagne depuis la mort de sa mère, il y a dix ans. Ne t'inquiète pas. Tu es au chaud, c'est le principal. Et pense à tes études ! À bientôt.

Une semaine de plus a passé. Le silence des pièces devient pesant. Je trouve refuge et réconfort dans le bruit des autres, au café. Mais cette transition effleure ses propres limites ; me voilà à nouveau mal à l'aise là où je suis assise. Impossible de me concentrer sur « Poésie et profondeur » de J.P Richard. Chacune des phrases que je lis sur Nerval me renvoie à Gabin. Mon isolement est improductif. Les livres ont les lignes qui se brouillent. Mes yeux les parcourent sans que mon cerveau ne les imprime. Que suis-je en train de développer ? Pourquoi transférer sur cet homme, que je connais à peine, la nécessité d'inquiétude ? Nous ne sommes rien sans l'attention aux autres, un bout de pièce commune, l'effleurement du regard, le bruit de la tasse encore fumante partagée même en silence. Je me lève, paie avec lassitude mon café crème. L'agitation de Paris fait résonner mon angoisse. Un serveur me sourit. J'ai le manque soudain du restaurant, de mon ancienne tribu brestoise. En privation d'une présence, la sécurité silencieuse et paternaliste que posait Gabin sur mon âme, me saute à la gorge. N'est-ce pas fou d'étouffer d'un vide ?

Je finis par ouvrir la boîte aux lettres qui déborde. Ce sont essentiellement des factures et des publicités. Je comprends pourquoi l'eau et le gaz ne sont pas coupés en osant ouvrir l'une d'entre elles : tous les prélèvements se font de manière automatique. La femme de ménage ne vient plus. Elle n'a pas répondu à mon mot laissé sur la table de la cuisine. Gabin l'aurait-il prévenue de sa longue absence ? Pourquoi alors ne m'aurait-il pas informée, moi aussi ? Mes idées se chevauchent. Les explications s'enchevêtrent dans un hypothétique dénouement. Je ne comprends plus rien et m'obsède de l'énigme avec un manque de discernement évident. Je regarde la carte accrochée au-dessus de mon bureau. Une représentation de la Piété à Milan. Je l'avais rapportée de mon voyage en Italie avec Rodolphe pour me souvenir de cette illumination ressentie. Le bonheur est vif, furtif. Je le pressentais. Je m'en doutais que ça ne durerait pas. Que la souffrance reviendrait. Des petites voix intérieures m'ont souvent coupée de la sérénité. Elles deviennent plus vives quand l'abandon pointe à l'horizon. Je ne peux pas aimer sans penser au pire. Mes instants de plaisir sont toujours rattrapés par une culpabilité doulou-reuse, oppressante, habitée par une peur plus forte que le bonheur. Je me relève de la chaise retrouvant une brique de soupe dans mon armoire. J'exécute de drôles de gestes ces dernières semaines. Pour m'occuper l'esprit, je frotte le parquet. J'ai restreint ma vie à deux pièces : ma chambre avec sa salle de douche et la cuisine. Parfois, je pénètre dans le salon en passante livide, cherchant un livre. Je passe de longues minutes devant la porte de la chambre de Gabin. Je n'y entre plus, m'interdisant de voler l'intimité d'un fantôme. Je m'endors interloquée, presque interdite, dans une atmosphère lourde. Je repense au discours de Gabin sur la connaissance : « *Un bon fruit qui peut desserrer les*

12

carences de l'enfance et l'invisible potence. » Je reprends avec énergie et concentration mes lectures et la préparation de mes partiels. Mais l'angoisse insubmersible revient sur les hautes eaux de mon cœur. Denis pense que Gabin est parti en voyage. Il ne s'est jamais inquiété pour son cousin ; il ne le connaît pas vraiment. Personne ne sonne. Personne ne demande. Personne ne vient. Je suis une bestiole qui tourne dans la souricière de ses interrogations et projections. Après tout, Gabin n'est rien pour moi !... Pourquoi m'en faire ? C'est juste un homme qui m'héberge. Mais il a élu domicile dans mes pensées ; le mystère qui entoure sa disparition me garde alerte. Il a une emprise immense par son absence. Ces quelques mois de vie commune vibrent en moi comme des heures utiles à ma vie. J'ai la sensation d'être une veuve pleurant un mari fraîchement épousé. J'ai recopié toutes les citations qu'il m'a laissées sur un carnet monument que je place, tour à tour, sur la cheminée du salon, sur la table de la cuisine, sur ma table de chevet. Je n'ai pas la force de quitter l'appartement trop longtemps. Je suis comme enchaînée à son possible retour. Telle une gardienne qui veille, je n'invite personne à prendre le café. Les étudiants me voient juste hisser la tête lors des cours. Je suis discrète sur ma vie personnelle et ne palabre jamais longtemps à la sortie des amphis. Je sais que je passe pour l'étrange brune de la section, mais ça m'indiffère. Aux vacances de printemps, je vais essayer de rentrer sur Brest. Il faudrait que je change un peu d'air. J'ai déposé l'argent des loyers mensuels pour ma chambre dans la soupière du salon. Gabin dort sûrement, bienheureux quelque part. Il aurait pu au moins m'écrire. Je n'arrive pas à décoller de l'obsession de sa venue, triomphant, astre sur la nuit qui enrobe mes jours depuis qu'il a quitté les lieux. Il plane sur moi en soleil noir. Je rentre ma nuque dans le vallon de mes épaules. Je repense à ses grandes dents qui me dictaient la lune comme un précepteur averti. Ça tangue. Je ne sais plus ce qu'il m'a dit ce soir-là, quand j'ai refermé la porte du salon et, cet autre matin, quand il m'a servi un jus frais d'oranges amères. Les tempes me tapent. Les souvenirs sont jaunis à force d'être mâchés. Je m'endors, une corde de cauchemars quotidiens au cou.

Ce matin, je suis d'humeur siamoise, comme en réconciliation avec cette peine qui me fait perdre l'équilibre en moi-même. J'ai repris assidûment l'étude de mes cours. Je relis à haute voix ce paragraphe sur la démocratie en Amérique de Tocqueville que j'aurai aimé commenter avec Gabin. Peut-être, est-ce sur ce continent qu'il est parti ? Ah! Partager mon interpellation pour un auteur visionnaire sur notre société démocratique.

« Je vois une foule innombrable d'hommes sembla-bles et égaux qui tournent sans repos sur eux-mêmes pour se procurer de petits et vulgaires plaisirs, dont ils emplissent leur âme. Chacun d'eux, retiré à l'écart est comme étranger à la destinée de tous les autres : ses enfants et ses amis particuliers forment pour lui toute l'espèce humaine, quant au demeurant de ses concitoyens, il est à côté d'eux, mais il ne les voit pas ; il les touche et ne les sent point ; il n'existe qu'en lui-même et pour lui seul, et, s'il lui reste encore une famille, on peut dire du moins qu'il n'a plus de patrie. »

Je pose ma tasse de thé. La fumée se mêle à mon cruel état : apatride, orpheline. Soudain, le cœur sort de sa torpeur . On sonne ! Je sens que je vais enfin savoir. C'est peut-être la libération des mal-aimés. Mon souffle devient court. Stupeur en ouvrant. Deux pompiers se tiennent à la porte. Je recule. Ils m'interpellent d'un ton officiel. J'écarquille le regard, mon pouls tape. J'ai les mains rivées à ma taille comme pour me retenir à cette atmosphère étrange. Ils m'interrogent :

— Mademoiselle, êtes-vous propriétaire des lieux ?

L'un d'eux pose un mouchoir sur son nez :

— Mais c'est intenable ici ?

Après quelques explications brèves sur ma situation de locataire, ils se dirigent avec conviction vers la chambre de Gabin et ouvre la salle de bain attenante à l'arrière... Horreur dans l'eau du bain !

Une phrase de Tocqueville retient un instant mon cerveau. Je la vois se dessiner dans la douleur de l'eau :

« Au dessus de ceux-là s'élève un pouvoir immense et tutélaire [...] Que ne peut-il leur ôter entièrement le trouble de penser et la peine de vivre ?»

Choc vagal, je rejoins le poids de la gravité. Rideau !

France-Inter, interview du 4 février 2008 :

— Mademoiselle Goavec, merci d'être venue nous présenter votre livre étonnant « Une disparition sous mon nez », votre premier roman qu'on peut qualifier d'auto-biographique...

— Oui, je ne projetais pas de devenir écrivain. Durant ma première année d'études à la Sorbonne, les événements traumatisants que j'ai vécus m'ont poussé à écrire.

— Effectivement, c'est une histoire insensée mais véridique...

— Disons que cette histoire relie les grands trauma-tismes de ma vie.

— Votre roman commence sur la perte de vos parents à 8 ans, dans un accident de voiture, dont vous avez survécu avec pour séquelle l'anosmie. Pouvez-vous nous expliquer ?...

— En effet, c'est une lésion d'un traumatisme crânien : le choc a provoqué le déchirement du nerf olfactif qui traverse la lame criblée de l'ethmoïde.

— Vous semblez très calée en explications médi-cales!

— Disons que c'est une conséquence du deuxième traumatisme de mon existence. Il a fallu prouver, par expertise médicale, mon trouble qui m'a valu de vivre prés de deux mois avec le cadavre de mon logeur sans le savoir.

— Cette phrase a un effet scoop ! Donc, vous étiez hébergée dans un appartement de standing du 1er arrondissement, par un ami de la famille, pendant votre première année d'études ?

— Oui, c'était une chance ! Mais, en janvier de cette année-là, j'avais signalé la disparition de mon logeur à son cousin de Brest, alors persuadé que l'homme était en voyage.

— Mais... Il gisait dans l'eau de son bain!

— Les pompiers sont arrivés dans l'appartement en mars, suite aux plaintes du voisinage. Ils se sont alors dirigés, grâce à ce sens qui m'est amputé, l'odorat, vers la salle de bain. Le haut du corps était en putréfaction couvert par une escouade d'insectes nécrophages. C'était insoutenable. Le bas du corps était mieux conservé puisqu'il était immergé et a permis d'en savoir davantage à l'autopsie.

— Donc, l'autopsie et l'enquête vous ont disculpée, mais vous avez vécu un enfer.

— Oui, d'abord par le choc de cette macabre découverte d'un être qui était devenu un ami. Par les accusations évidentes du voisinage quand ils ont appris son décès. Puis, par la garde à vue, les interrogatoires interminables auxquels je n'avais pratiquement pas de réponses, moi-même dans la stupeur. Vous savez, l'anosmie est un handicap qui ne se voit pas mais qui est réel. La preuve par cette sombre expérience.

— L'expertise médicale vous a donc disculpée. Et cette histoire très troublante vous a poussé à en savoir plus sur cet homme. Suicidaire ?... Vous retracez son destin avec beaucoup de poésie, comme un ultime hommage à cette relation spirituelle naissante, ponctuée de très belles références littéraires. Un livre étonnant à découvrir …

16

Le Miroir

« *Les miroirs ont soif*
Les miroirs coupent
Les miroirs s'en foutent »

JACQUES GOORMA

Il était là, flanqué, sur un banc usé de la gare de Châlons-en-Champagne. Charly, fils unique de Rémi et Barbara Recel, remonta son col avec des mains collantes, écorces d'orange sous les doigts. Son esprit semblait enveloppé dans une lourdeur plus grise que la ville. Ses yeux berçaient le vide intermittent des rails. La pluie battait les murs gras. Les rues en travaux diluaient des torrents de boue. Il se leva d'un pas mécanique pour vérifier l'heure de départ du train. Tous les lundis matin, le wagon le menait vers une destination obligée mais rafraîchie depuis peu par une nouvelle présence. Marianne était encore loin et endormie. C'était la réponse qu'elle avait trouvée pour passer le temps. Ce temps si long quand il sépare d'une étreinte excitante qui percute l'arc des sens. Les lèvres de Charly étaient sèches, tégument qui n'avait rien d'un fruit pulpeux. Elles se gonflaient rarement aux jeux de l'amour. Il séduisait par son regard, ses gestes pudiques, et son silence qu'il brisait parfois pour réciter quelques vers. Le train à destination d'Amiens arriva à quai. Charly s'y engouffra. Divagation de paysages, il notait quelques phrases inspirées sur son carnet. Par endroits, le soleil parvenait à percer l'ossature plombée du ciel. Il pensait au corsage de Marianne à peine entrouvert la semaine dernière. En se précipitant dans les toilettes sales de la micheline pour contenir son trouble, Charly détesta voir dans le miroir ses joues en incandescence, sa peau trop lisse. Il se retint à la poignée de la porte pour éviter de tomber sous les à-coups du train. L'image de sa mère vint barrer ses fantasmes.

En arrivant au 3 rue des Veaux, les grosses fleurs orange du papier peint le ramenèrent à une réalité sans armure, à vif. Sa mère trônait de ses cent cinquante kilos sur le lit médicalisé. Elle l'avisa d'un regard méprisant pour, d'emblée, lui reprocher son absence. Son triple menton faisait des vagues de chair flasque sur le drap. Charly lui releva la nuque dans un geste automatique, sans empathie, pour lui donner à boire et lui glissait un faible bonjour. Prendre des nouvelles, comme on fait quand on entre chez un proche désireux de vous voir, avait quitté ses intentions depuis longtemps. Elle recracha l'eau calcaire du robinet en pestant. Il se ravisa, baissa la tête comme un enfant en faute et descendit échanger les consignes de limonade. Marianne, affairée à la cuisine, lui adressa un salut tambourinant et se proposa pour le faire. Mais il préférait s'enquérir de cette mission pour prendre l'air. Il avançait tête bêche, diluant ses pensées sur le trottoir, vidoir de bien d'autres états que le sien. En arrivant devant l'épicerie du vieux Lucien, son visage ralluma sans forcer la veilleuse du sourire.

La mère de Charly s'agrippa à la poignée en suspension au-dessus du lit et somma Marianne de l'aider. L'énorme femme avait une considération pleine de contra-dictions pour son aide à domicile. En essayant de se redres-ser, elle laboura le dos frêle de la jeune fille et poussa un long râle. Marianne réussit à lui baisser la culotte et la hissa avec difficulté sous son siège de défécation. La mère de Charly, avait une peau rouge parsemée de petits vaisseaux explosés. Ses yeux de taupe étaient un soupçon bleus dans les méandres d'une peau en mauvaise santé. Une mèche grasse dégoulinait sur son front laiteux. Laideur et souf-france pour enseignes, cette femme tirait jouissance de la

18

pulsion de dégoût qu'elle engendrait chez ses semblables. Marianne n'attendit pas son injonction pour sortir de la pièce et lui laisser une illusoire pudeur. Avec autant de laisser-aller menant à la dépendance colérique, l'intime n'avait plus rien d'un jardin à protéger.

En marchant dans le couloir sombre, Marianne bouscula un seau qui déstabilisa le silence dans un son de ferraille. Charly l'entendit en remontant les escaliers, les bouteilles à la main. Il devinait Marianne et s'arrêta comme un animal aux aguets. A travers l'œil-de-bœuf, elle le regardait arriver. La rencontre des âmes fortes se fait derrière les portes. Dans la foire de ses poches de pantalon aux larges franges, elle entendait le carillon des clés. Il n'avait pas pris ses gants noirs restés sur le guéridon de l'entrée, en cuir neuf, sans aucune aspérité. Des plaintes intempestives sortaient du salon. L'horloge fracassa à son tour le non-dit. Charly souffla fort, posa sa cargaison sur le paillasson et ouvrit. Marianne se tenait derrière, droite, les mains sur les hanches. Son parfum, mélancolie de l'ambre, électrisait l'air renfer-mé. Otage d'une femme en éternelle convalescence. Charly, sans mot dire, se ganta de noir et prit la gorge de Marianne dans une force délicate. Elle hoquetait de désir. Il souleva sa hanche droite avec l'autre main. Ses petits pieds se tortillaient comme pour lui dire de continuer. Leur étreinte mystérieuse trouvait sa pleine consistance dans le silence. Depuis qu'il avait commencé à la toucher après un seul clignement de paupière en guise d'autorisation, elle hésitait à chaque fois entre extase et détresse. Il arrêta sa douce strangulation avant qu'elle ne choisisse. Les yeux noirs de Charly avaient la profondeur d'une mine de charbon. Ils donnaient à son visage allongé le vertigineux d'un manoir dominant une colline d'Écosse. Il bouscula la tension de Marianne en redevenant loquace :
— Tu es si désirable !

Un feu s'alluma en elle. Il quitta cette brûlure naissante, avec une contrainte évidente, pour se diriger vers le salon et son occupante à temps plein.

Marianne reprenait son souffle en observant le seau. Elle avait l'impression d'avoir percuté un empire aux dédales infinis, une brèche ouverte vers les douleurs d'un être qui promettait l'obsession.

— Dépêche-toi, et ne mange pas ce chocolat, c'est tout ce qui me reste à moi quand tu traînes dans ta nouvelle vie!

— Maman, je ne traîne pas, je travaille...

— Tu parles, dans un club, la nuit ! (Son rire était grinçant). Mais t'appelles ça du travail ! C'est de la débauche. Tu me fais honte autant que ton père.

— Tais-toi. Laisse Papa où il est ! Je n'ai que le vague souvenir de sa voix. Tu as gardé le reste pour toi toute seule. Pauvre folle...

— Sa mère se recroquevilla sous le poids des mots. Ils alimentèrent la douleur ancrée à son âme. Son corps ne réussissait pas à l'étouffer, malgré les kilos qu'elle avait rage à lui inculquer depuis des années. Charly, veines tendues aux tempes, agitait les mains pour juguler l'agressivité que sa mère prenait plaisir à voir se dessiner sur ses traits. Il était serveur dans un cabaret. Le son du piano, les plumes et les artistes, lui procuraient le souffle nécessaire pour s'échapper. En rinçant les verres sous le flot de la musique, il frottait la noirceur imprimée dans son cerveau, diluait cette réalité caustique. Pour l'heure, il conclut, acerbe, en se rasseyant :

— Oui…Tais-toi, il m'aurait aimé mieux que toi!

Sa mère jappa avec une énergie comme tirée d'un fossile. Marianne arriva pour rendre à l'atmosphère le peu d'humanité qu'il lui restait :

— Je vais vous préparer un thé...

Charly alluma la télé pour invoquer le silence des foyers. Sa mère baissa les armes à son tour et fit retomber son visage sur l'oreiller en plumes d'oie. « Starcky et Hutch » n'avait aucune prise sur l'esprit agité de Charly. Les chevaliers au grand cœur du petit écran n'avaient peur de rien, lui de tout. Il finit par quitter la pièce. A l'arrêt dans le couloir, il ramena le seau à ses pieds et y jeta symboliquement, quelques gouttes qui perlaient de ses yeux. Elles restèrent dans sa main, étalées comme un lacé brillant. Il voyait Marianne dans l'embrasure de la porte de la cuisine. Il lui chuchota un texte, qu'il avait écrit dans le train, comme à une icône :

— J'irai rendre mon liquide à la terre pour remplir les rivières. Irriguer d'autres espaces que celui de mes œillères avec le jus de ma peine. Ma peine, Marianne, je n'en ai qu'une. Si un jour tu la vois, agrippe-la et tue-la !

Le visage sans rature et le regard courbé dans l'évier de la cuisine, Marianne faisait couler de l'eau chaude sur les plats. Elle se retourna presque innocente. Le vert niché dans le fond de son iris vibra sur Charly. Quand il releva la tête, leur trouble était intact, incandescence des jeunes pousses de sentiments. Elle se défendit d'avancer vers lui pour combler ce manque qu'il laissait à chaque fois dans ses veines. Il s'approcha de la cuisine. Elle reprit son mouvement mécanique de grattoir. Il l'effleura d'une épaule lente, posa son genou droit dans l'échancrure de sa jambe. Marianne se tenait penchée, les deux mains agrippées au robinet, comme percutée. Elle pressa l'éponge qu'elle avait dans la main, courba le bas du dos et ferma les yeux. Il agrippait ses hanches, elles se devinaient lisses et blanches. Les cellules de Marianne étaient déconcertées par cet impact, tension promettant des pluies diluviennes. Il aventurait ses mains tremblantes sur son corps en naufrage. Elle respirait, par saccades, telle une nomade assoiffée dans un désert étrange. Il continua, approcha sa bouche le long du cou, respira l'odeur de sa peau parfumée. Puis il se cabra et se dirigea comme un jeune étalon vers le porte-manteau pour y décrocher sa veste.

Elle se retourna saoule, gênée, laissant juste une interrogation complice traverser son visage.

— Je pars manger dehors...

— Et le thé ?

— Sers-lui plutôt de la soupe. Il est bientôt l'heure du dîner. Mieux vaut ne pas la contrarier dans ses habitudes. Merci Marianne !

Elle resta, sans mot dire sur le palier, une tasse à la main, ébréchée à l'anse.

En entendant la porte d'entrée claquer, la mère de Charly maugréa :

— C'est ça, va-t'en ! Vas vivre ta vie de débauche, dehors tout est permis. Ici on survit !

Tout en achevant ses jérémiades, la mère de Charly tendait son large poignet vers le tiroir plaintif de la table de nuit. Elle l'ouvrit avec ses doigts boudinés et y saisit un petit miroir. L'usure avait lissé le métal argenté. Le cliquetis de l'ouverture était devenu une obsession. A l'horizontal, l'objet lui divulgua son gros visage et ses lèvres serrées. Ses yeux n'affichaient plus aucune résistance à rester dignes dans ses collines de laideur. En se penchant vers la glace, elle répétait des phrases rapides et incantatoires puis elle riait de détresse comme dépourvue de discernement. Son étrange rituel avait toujours lieu au même moment, lorsque le soleil s'évanouissait dans le ciel. La nuit, elle dissimulait, sous son gros oreiller, cet étui argenté. Il faisait cinq centimètres sur sept et avait l'étoffe d'un mauvais trésor.

Face au lit, sur le mur au-dessus du buffet, était accroché un vieux portrait. La mère de Charly avait alors 20 ans. De jolies boucles brunes retombaient sur ses yeux bleus, à l'époque grands ouverts, prêts à dévorer le monde. Elle était lumineuse avec son port de tête confiant et les mains posées délicatement sur son giron. A son annulaire gauche, on pouvait apercevoir une alliance. Trois années après cette photo prise chez son cousin, le mal s'était abattu sur elle, une nuit de septembre. Cette morsure la coupa définitivement de l'idée du bonheur, atteignant peu à peu tous ses membres, jusqu'à ses organes comme un venin. La colère, sursaut face à la détresse affective, ne dura qu'un temps. Elle se laissa happée par la dépression, prenant du poids démesurément, tenant comme un fantôme la main de son fils qui grandissait. Son mari était mort dans de sombres circonstances qui ajoutaient à la douleur du deuil, celle d'un tragique renoncement à l'idée qu'il l'aimait.

Marianne entra avec le plateau repas dans le salon, un sourire attentif sur les lèvres. L'impotente referma le petit miroir et le posa sur la couverture. En la relevant, elle repoussa le drap et l'objet se fracassa sur le carrelage. La mère de Charly se mit à jurer tandis que Marianne s'affairait déjà pour le ramasser.

— Barbara, je suis si désolée.

— Idiote, je vous ai déjà dit de ne pas m'appeler par mon prénom ! Pour qui vous prenez-vous à la longue ? Donnez-moi ce miroir... Et vite !

Elle le récupéra, il s'était ouvert et brisé en deux. Sous le flot de critiques, la jeune aide à domicile s'excusait toujours. Mais le pardon ne tombait jamais de la bouche de l'imposante Barbara. C'était justement l'impossibilité de pardonner qui assombrissait sa vie entière.

Charly entra dans le salon, un carton de frites dans la main. Voyant l'agitation de sa mère et Marianne agenouillée par terre, il plissa les yeux :

— Que se passe-t-il ?

— Laisse, ça ne te regarde pas. Cette idiote est maladroite !

Charly vit l'étui argenté et le prit des mains de Marianne. Sa mère suffoquait et lui sommait de lui rendre. A l'intérieur, juste en dessous de la glace brisée, on pouvait lire *Hélène Rubens*. Charly n'y prêta pas attention focalisé sur l'idée que sa mère puisse accorder une importance à son image :

— Maman, tu te regardes dans un miroir ? C'est nouveau !...

— Rien n'est nouveau pour celui-là !

En reprenant l'objet, elle découvrit le nom inscrit à l'intérieur : *Hélène Rubens* résonna comme une bombe à retardement. Elle resta en état de choc quelques secondes, se raccrocha au visage interrogateur de son fils puis hoqueta :

— De toute façon, les sept ans de malheur sont déjà purgés ! Laissez-moi dormir, je n'ai pas faim.

Charly et Marianne s'exécutèrent interloqués mais ils avaient l'habitude de ses humeurs versatiles. Ils quittèrent la pièce dans les odeurs de soupe aux poireaux et bousculèrent en fanfare le seau tirant un dernier juron du corps en naufrage de la pièce voisine. Leur rire monta spontanément. Éperdu et perdu, Charly hésita un instant, puis se décida à inviter Marianne qui achevait sa journée de service à se désaltérer au bistrot.

En mordillant le citron de son Pepsi, Marianne, pourtant deux ans plus âgée que Charly, avait des airs de petite fille timide. Charly arborait une stature imposante malgré sa torture intérieure. Le canal de l'écriture lui permettait d'évacuer. Bien ancré sur le monde du haut de ses vingt ans, il impressionnait. La radio diffusait du Mike Brant. Marianne parla des actualités cinématographiques. « Les aventures de Rabbi Jacob » atteignait des records d'entrée : près de sept millions. Charly ne faisait pas partie de ces sept millions, il n'avait pas une vie tournée vers le divertissement. Après quelques œillades de surface et face au spectre obsédant de la mélancolie de Charly, Marianne s'aventura dans les méandres d'une question qu'elle supposait douloureuse :

— Charly, excuse-moi si je suis indiscrète, mais...
Comment est mort ton père ?

Charly recula de la table pour signifier sa désapprobation.

— Je ne souhaite pas en parler.

— Pourtant la dernière fois, tu as commencé à me parler de ce manque, enfin...

— Oui, je t'ai signifié de manière détournée que je portais une grande tristesse en moi. Mais ce serait trop lourd, pas ce soir...

— Oh, excuse-moi...

— Ma mère a toujours évité ce sujet. Je ne sais plus si c'est lui ou le sujet qui me manque !... Je sais juste qu'il est mort sur la route dans l'exercice de ses fonctions... Le 4 septembre 1953.

— Pardon, je suis impudique.

— C'est arrivé, c'est du passé.

— C'est rare que tu parles de toi...

Charly ne souhaitait pas se livrer davantage ni descendre dans ce que contenait sa peine. Il connaissait l'habileté des femmes et leur nécessaire partage du vécu, quand leur corps entre en désir. Il prit l'initiative de se lever pour aller payer.

— Je te raccompagne chez toi, Marianne... Il est tard.

Dans la nuit, quelques enseignes électriques faisaient danser la ville et les yeux des esprits insomniaques. Les affiches ne se lassaient pas de plébisciter des slogans en tout genre. La mère de Charly se retournait dans son lit. Elle se repassait une scène ancienne éclairée par le nom inscrit dans l'étui du miroir. La gorge serrée pour seule consolation, elle laissait ce nom raviver atrocement sa douleur.

Le 4 septembre 1953, au petit matin, le téléphone avait sonné. La mère de Charly s'était réveillée en sursaut. Son mari devait rentrer le soir même. Elle avait passé la

25

journée à nettoyer leur appartement, à inonder de parfums toutes les pièces. Charly dormait encore à poings fermés dans le petit lit à barreaux près du lit conjugal. La nouvelle, qu'une voix anonyme lui avait annoncée dans le combiné, l'avait assommée. Elle avait prit son bébé pour l'enrouler dans une couverture et le déposer chez sa mère, en balbutiant qu'un malheur était arrivé à son mari. Sa mère avait toujours eu du sang froid et n'encombrait pas les autres de questions quand ils étaient dans l'incapacité visible d'y répondre. Charly, petite tête blonde, palpitait d'inquiétude intuitive dans sa couverture. Il se rendormit quelques heures plus tard sous le chant clair de sa grand-mère. Accablée, la mère de Charly conduisait machinalement. Elle aimait rouler et avait fait tomber d'admiration son mari en réussissant son permis du premier coup. Pour une femme, à cette époque, c'était rare et débrouillard. Elle aimait l'emmener le dimanche, un pique-nique dans le coffre, vers des endroits nichés au bord des étangs de la Somme, qu'elle prenait soin de repérer la semaine alors qu'il travaillait dur. La nuit était très sombre, la lune cachée par d'épais nuages. Par endroits, des nappes de brouillard lui barraient la vue et ses larmes ne cessaient de couler. Elle parcourut cinquante kilomètres, le cerveau hagard, et arriva devant un hôtel sordide.

Deux voitures de police étaient garées sur le parking. Les agents l'accueillirent de manière professionnelle et lui demandèrent de s'asseoir dans le hall d'entrée. Le réceptionniste répondait à des questions avec un air effaré. Elle regardait les visages des hommes en uniforme dans une incompréhension totale. Le hall était peu éclairé. La moquette envahissait le sol et les murs, usée et poisseuse. L'un des policiers lui demanda sa carte d'identité ; elle lui tendit sans mot dire. Après quelques vérifications silencieuses, il revint à sa hauteur :

— Madame, je vais vous demander de nous suivre dans la chambre 34.

Approbation résignée.

— Il s'agit, et j'en suis désolé, d'identifier le corps de votre mari.

Elle ne pouvait se dégager du silence suffocant d'horreur et d'incompréhension. Ils se levèrent et la guidèrent dans un long couloir qui lui parut interminable. Elle se revoyait parcourir une même distance, lovée dans une attente blanche et excitante, le jour de son mariage. Le sang continuait à irriguer ses veines mais plus rien d'intelligible n'arrivait à son esprit. Elle aurait aimé s'arrêter d'avancer, ne plus rien savoir, ne plus rien sentir. Une angoisse venue du fond de son âme, la même qu'elle eut un jour de classe pour se relever humiliée de sa chaise au milieu des enfants railleurs, vint lui prendre la main. Elle devait affronter sa destinée si sombre soit-elle. Le médecin de la brigade judiciaire ouvrit la porte, la prit par le bras et la fit s'asseoir sur un canapé vert mité qui trônait face au lit. Elle poussa un cri étouffé de douleur face au corps refroidi de son époux. Son premier réflexe fut de se lever pour aller l'embrasser, le serrer. Les hommes de la brigade lui laissèrent quelques minutes d'hystérie avant l'idée du recueillement. Mais alors qu'elle serrait son torse froid, des informations déstabilisantes arrivèrent à son cerveau. D'abord une odeur âcre puis un parfum poivré. Elle prit connaissance des alentours, des objets dans la chambre. Tout était resté en l'état. Et cet état était difficilement supportable. Des vêtements étaient éparpillés par terre, sa chemise à gauche du lit, son pantalon sur le fauteuil, sa pipe encore fraîche sur la table de nuit. Alors, un élément vint lui nouer les yeux...Un foulard rouge était suspendu à la lampe de chevet. Elle se releva brusquement de son étreinte morbide, fixa les policiers avec une interrogation impuissante et criante dans les yeux. Ils la firent se rasseoir. Le médecin de la brigade prit la parole. Sa voix était assurée et empathique :

— Madame, votre mari est mort brutalement.

Consternation. Regard rampant sur le sol jusqu'au foulard rouge.

— La pièce est telle qu'elle ?...

— Oui, nous ne touchons à rien pour reconstituer les circonstances de la mort.

— J'ai senti un parfum de femme, poivré, le sentez-vous ?

— Je suis dans l'obligation…

— Vous avez vu ce foulard rouge suspendu au chevet. Il n'est pas à lui. Il n'est pas à moi.

— Je suis dans l'obligation de vous expliquer les circonstances apparentes de ce drame.

Raclement de gorge. Front tombant vers les mains. Tremblements. Chevilles voulant s'enfuir.

Un commissaire avec une longue moustache s'approcha :

— Une femme a appelé le commissariat à 4 heures du matin pour nous signaler la mort d'un homme, chambre 34, à l'Hôtel du Pont.

— D'après nos premiers constats, mais l'autopsie nous en dira davantage, votre mari est mort d'une crise cardiaque pendant l'acte sexuel.

— Mes questions vont être gênantes, Madame, mais c'est pour l'enquête. Soupçonniez-vous que votre mari avait une maîtresse ?

Elle resta figée comme un animal à l'écoute d'un son terrifiant. Le vertige et l'humiliation lui coupèrent les jambes, ses pieds cessèrent de s'agiter puis elle laissa la rage lui remplir la bouche.

— Et vous ! Le sauriez-vous, si votre femme avait un amant ?

Le médecin de la brigade fut quelque peu déconcerté et proposa de la laisser reprendre ses esprits quelques minutes. Il lui servit un verre d'eau, ses yeux dégoulinaient du mascara de la veille. Les hommes de la brigade se mirent à l'écart quelques instants. Sa vie à elle était en suspens. Elle eut le courage de poser encore les yeux sur le lit, sur ce corps qu'elle aimait tant et qu'elle attendait des journées durant. Son mari était représentant pour cheminées. Dans la rigueur des hivers en Flandres, les clients ne manquaient pas. Elle s'avança au bord du lit, une dernière fois, et aperçut un objet brillant sous la table de nuit. Elle vérifia que les policiers avaient le dos tourné et le ramassa. C'était un petit miroir argenté. Elle l'ouvrit et vit avec stupeur son visage dans le mutisme de la trahison. Elle reposa les yeux sur son mari, se rejeta sur son torse glacial en gémissant :

— Pourquoi ?... De quoi voulais-tu me punir ?... C'est qui ?... Tu la voyais souvent ?... Je ne te pardonnerai jamais !

Et elle sortit de la chambre titubante, le petit miroir dans sa poche, les policiers la rattrapant, l'appelant Madame, Madame... Mais elle n'était plus la dame de personne.

Quand Marianne arriva le lendemain matin, elle vit la mère de Charly essoufflée et redressée au bord du lit, un coude appuyé sur la table de chevet. Elle se figea stupéfaite et, pour une fois, recueillit un début de sourire :

— Marianne, allez réveiller Charly et dites-lui que je souhaite aller au cimetière sur la tombe de son père.
Silence d'orties.

— Marianne, votre maladresse d'hier soir m'a ouvert les yeux !

La jeune femme n'insista pas et se demanda quelle idée avait piqué l'acariâtre Barbara ce matin. Elle se ravisa de l'appeler par son prénom. Elle se méfiait. De quoi parlait-elle au juste ? Intriguée mais amusée, elle frappa à la porte de la chambre de Charly. Il maugréa puis s'agrippa à la douce voix de Marianne.

— Qu'est ce qu'il y a ? Il est encore tôt...

— C'est ta mère, Charly. Elle veut sortir !

Charly se leva d'un trait, enfila son pull orange, s'empressa d'ouvrir, embrassa Marianne au passage. Ils se précipitèrent dans le salon comme des gosses vers la cour de récréation.

— Charly, emmène-moi au cimetière. Je veux voir la tombe de ton père et prends ça !

Elle déposa le petit miroir cassé dans la main stupéfaite de Charly. Les mots lui montaient trop nombreux, en désordre, tel un animal qu'on va libérer de sa pâture jaunie. Il pressentait une révélation après des années de silence imposé. Enfin, la souffrance allait sortir des entrailles engourdies de sa mère pour mettre des mots sur la sienne. Sous un ciel mitigé, ils descendirent par l'ascenseur en poussant péniblement le fauteuil roulant. La dernière fois qu'elle était sortie c'était pour la naissance d'une nièce, il y avait presque quatre ans. Le soleil faisait saute-mouton avec de gros nuages blancs, la mère de Charly tâtonna ses lunettes noires. Dans la fraîcheur de ce pâle novembre, elle prit une grande inspiration, s'amusa même d'un passant empêtré dans la laisse de son chien. Ils avançaient comme on marche en temps de guerre quand on sait que les alliés sont aux portes de la ville. Marianne osa prendre la main de Charly. Il se laissa faire. Sa mère détourna les yeux, puis revint à la charge, ils crurent à un désistement de son âme mais elle leur dit simplement :

— Votre attirance me crève les yeux. Sachez en faire quelque chose de bien et ne vivez pas dans l'erreur de vous mentir à vous-même !

Ils se regardèrent surpris de cette intervention, mais euphoriques de ce jour improbable. Charly quitta un moment le navire qui voguait vers le cimetière pour rejoindre ses pensées. A l'intérieur, il courait, tel un écureuil dans des branches vivaces et entremêlées que sa mère allait élaguer. Sa poitrine se préparait à se libérer du poids du secret. Peu importe le verdict tant que lui était restituée son identité narrative. On ne se construit bien qu'en sachant réellement d'où l'on vient. Ils arrivèrent à la porte verte et rouillée du cimetière, prirent l'allée centrale. Un marronnier se dressait à quelques pas de la tombe du père. Ils s'y abritèrent du soleil de plus en plus gagnant, s'y adossèrent sur les sommations de la mère. Elle fixa un long moment le haut de la tombe, puis le ciel, enfin le sol terreux. Des larmes lui montaient aux yeux. Marianne voulut se lever, se croyant de trop, mais on insista pour qu'elle reste. Elle avait lâché la main de Charly qui lui fût reconnaissant de le laisser physiquement seul pour entendre. Elle était là, avec sa grâce angevine en filigrane, pour le soutenir et ça lui suffisait. Après un silence cérémonieux, quand les bruits alentours se firent chuchotements, l'épaisse Barbara commença à parler. Au départ, elle pesait ses mots puis déroula un fil rugueux de paroles un long quart d'heure durant. Quand elle eut terminé, ils se levèrent abasourdis. Ils rejoignirent la tombe du père pour y déposer le miroir et une fleur que Marianne avait achetée en chemin. En se courbant vers la sépulture, Charly entendait encore résonner la dérangeante vérité. Rémi Recel, son père idéalisé par le sentiment épineux du manque, était mort le 4 septembre 1953, non pas sur la route mais sur une escale... Une escale qui portait le nom d'une femme interdite : *Hélène Rubens*. Le temps tortillait sur ses aiguilles et arrivait dans la lourdeur de ses cloches. L'église sonna dix coups. Charly se laissa percer par le son des carillons comme par cette révélation. Puis ils se dirigèrent vers un deuxième tombeau à l'entrée du cimetière. Tous trois reçus par les bras piquants de la vérité, sans entrave, avec leur jugement respectif sur ce qu'ils venaient d'entendre, et leur reste d'aveuglement nécessaire. Sur le sépulcre craquelé, apparaissait un visage imprimé dans un rond de faïence jaunie, celui d'une autre défunte : *Hélène Rubens*. Elle s'était suicidée, un an après, à l'automne 1954. Un soupir, une odeur de mousse remontant du sol, Charly tituba et posa la main sur l'épaule de sa mère. Elle observait la stèle comme un navire de guerre débarquant dans l'horizon vermeil d'un couchant qui se relève.

Hélène Rubens : un autre visage familier et oublié. La sœur de sa pauvre mère...

Sur Le Fil

Je me nomme Charlotte. Signe distinctif : une petite sphère rouge et lisse de la taille d'une pièce de deux euros. Réservée aux intimes puisqu'elle étend son fanion sur ma fesse droite. Certains amants la fétichisent et singent mon autodérision :

— Ah ta petite Fraise ! Charlotte…

Tri de générations, la petite fraise donne l'impression furtive d'un point commun par un accès facile : convoquer la sécurité d'une héroïne de l'enfance. Je finis toujours pas rejeter les hommes qui aiment trop ma fraise, prémices d'une alerte pour moi. Ceux qui adorent vos signes distinctifs sont les pires dans l'attachement. Quel est le lien qui me rend vivante ? Autant de réponses que de variables d'ajustement, en fonction du caractère singulier de chaque rencontre et de ma capacité d'adaptation. Les liens que je tisse évoluent et respirent de tensions différentes pour tester leur résistance. Quelque part, hors du monde, je m'allonge sur l'écran de mes émotions pour comprendre. Là, dans ce bruissement de lèvres, acrobate de ma voix intérieure, je déroule la pelote de mes origines. J'ai grandi bourgeoisement, au grand air salé, dans une bourgade de Bretagne. Nœuds de l'âme, je fume comme un chef d'entreprise qui menace à tout moment de suspendre son activité. Heureusement, l'océan m'accompagne où que j'aille. Il est inscrit dans le nuancier des odeurs et des couleurs qu'a bâti mon cerveau. Le bien-être possède sa mémoire. J'ai une fiole de brise marine à l'hémisphère gauche que je déverse quand mes jours sont étriqués. Le travail m'a menée par le bout du nez à l'autre extrémité, à l'Est. Dans un couloir charmant et

33

hanté, coincé entre les Vosges et la Forêt Noire. Dans ce nouvel espace, mon pas est heurté par sa propre tension. J'erre délurée autant qu'inquiète. Des fantômes s'invitent à ma table. Assise dans ma nouvelle cuisine, murs repeints en rouge vénitien, fourchette à la main, bouchée molle : qui va parler ? Cette fois c'est avec moi que j'ai rendez-vous. Vais-je enfin me plaire ? Je crois avoir choisi mon métier par conscience humaniste. Je suis responsable d'un laboratoire de biologie et fille d'avocat. Parfois, il m'arrive de rouler en bas de l'auréole de mes idées comme un hérisson transpercé par ses propres épines. Contradictions, gravier tremblant du caractère. Ce soir, je ne peux plus supporter mes murs rouges et cette table du monologue intérieur. Je sors dîner avec Yann, un collègue inverti devenu rapidement mon confident. Il m'écoute, tortille la serviette en papier de ses mains fines. Il lance une idée mais je lui coupe la parole. Le dernier mot sera pour moi. Je pense bien. Je dis comprendre. Oui, je connais ! Mais je ne sais rien. Assise dans ma baignoire, je repense à mon ex que Yann excuse : « Tu l'as quitté trop vite ». J'écoute le bleu de l'eau s'ébruiter en patience. Je me souviens de l'air de nos dernières vacances, de l'odeur sucrée et blonde des pins, de la terre noire. De celui que j'ai aimé trop vite ! Je me rince la tignasse, démêlant chaque nœud avec insistance. Et je rejoins la verve égotique de notre époque en éteignant la lumière sur mon visage enduit de crème de nuit. Demain, je vais arrêter de parler de mon Moi. On dirait qu'il s'est proclamé roi. Alors, en ce 4 août qui va éclore, anniversaire de l'abolition des privilèges, je laisserai place à Eugène.

Eugène est mon plus fidèle compagnon, un chat au pelage noir traversé par une autoroute blanche lorsqu'il dévoile son ventre. Il est élégant, souvent aimant, parfois capricieux. J'admire son abnégation, sa liberté et son manque de pitié. Rien ne le détourne de la mouche qu'il commence à chasser. Je me lève trop vite de la chaise alors que j'avais commencé à...Toutes mes intentions me paraissent inachevées.... Comme si partir avant la fin était mon seul moyen d'exister. De cette manière, je crois garder le contrôle sur le tragique de notre humanité, la conscience de notre propre mort à venir. Malgré cette loi blanche vers laquelle marche chacune de nos destinées, il m'arrive quand j'y pense de savoir oublier, de retrouver les vagues euphoriques de la liberté de l'enfance. Quand j'étais gamine, je dévalais l'herbe rase des falaises du Finistère. Je m'inventais des jeux de ficelle. Sauter au-dessus du fil sans perdre la latitude. Toujours avancer vers l'énergie du dehors. Grimper aux arbres. Regarder en bas. Qui montait la garde ? Qui surveillait la tranquillité ? Qui anéantissait le monde ? Baricco écrit « *des choses arrivent qui sont comme des questions. Une minute se passe ou bien des années puis la vie répond* ». J'attends toujours une réponse tissant inlassablement le tricot de l'amour. Je me souviens du piaillement des autres enfants en bas de la rue. Notre maison avait une prestance, une reine élancée dans le galop des clairières. Son toit bleuté d'ardoises et sa franche taille enlacée de glycine lui donnait un air de gitane. Sa terrasse aux larges colonnes semblait dompter le monde. Mais j'allais jouer dans la cour crasseuse des modestes au grand dam de ma mère. Puis je me réfugiais dans la hauteur de mon arbre, au bout du jardin. Je côtoyais quelques bribes du ciel et je me sentais libre sans être indécente. Souvent, on me disait distraite, différente. Mon corps déviait sa route pour suivre un passant, une idée, et rebondir. Je quittais les pièces quand je ne me sentais pas bien. J'étais vierge des protocoles qui font que les adultes restent. Je savais sauver ma peau et mon énergie. Courir, ne pas perdre mon instinct de survie, ne pas écouter trop longtemps le délire protecteur et exigeant de ceux qui disent savoir. Puis je calmais mon alarme dans les bras ronds de ma mère. Mon père les gardait, au chaud dans son costume, pour me les offrir en vacances. J'ai gardé cette habitude de câlins ponctuels. Je ne supporte pas la présence quotidienne d'un homme. Le sauvage revient, ce besoin de rejoindre la hauteur de l'arbre. J'aime me faire absente du regard des autres. A 18 ans, j'ai appelé une ambulance, gosse en pleine stupeur de violence contre elle-même. Mon suicide n'était qu'une tentative. Je me suis levée de la chaise sans laisser le geste s'achever en moi. La boîte d'antidouleur était vide. Mes yeux, emplis de larmes stupéfaites, ne savaient pas où terminer leur course. J'ai appelé l'ambulance puis mon amie Dorothée. Elle pleurait plus que moi quand nous sommes montées dans l'engin blanc. Je m'y suis hissée seule. Vie cruelle, cet amour pour un garçon ténébreux du lycée. La chanson de Cabrel écoutée dans le vide d'une chambre d'internat rafistolée aux posters... « *Elle disait* »... Trajet, volontairement assise et digne, malgré la peur au ventre. Puis le délestage curatif du trop-plein de médocs. Tube invasif, projetant des trombes d'eau dans l'estomac. Surcharge. Violente restitution.

Mes parents sont arrivés à l'hôpital, après mon lavage gastrique, avec beaucoup d'angoisse. Ma mère perlait comme un arbre amputé de ses branches fleuries. Lui, est entré dans la chambre aux couleurs froides, bras croisés, un masque sérieux pour visage. Celui qu'il fait adhérer à sa peau délicate pour tenir. Il m'a regardé m'auscultant d'une voix posée et grave. Cette voix d'autopsie de la douleur, qui délivre en fin de phrase une inflexion empathique, comme la force d'une bougie dans l'immensité froide d'une église. Mon geste était trop chargé pour qu'il l'affronte avec l'affect du père. Il toisait la pièce, tâtait du bout des phalanges le lit, surveillait le personnel qui s'occupait de moi. Mon patriarche s'immisçait dans les procédures de l'hôpital, donnait des consignes pour ne pas entrer dans ma douleur. Il me restait distant et digne, toile d'amour d'une résistance arachnide, derrière le rempart de ses yeux gris océan sous avis de tempête. Encore un rendez-vous manqué avec mon père !

Yann caresse Eugène en lui parlant comme à un enfant mais mon chat ne supporte pas d'être pris à bras. Il se défile et choisit de venir s'affaler sur la chaleur des genoux, quand l'envie lui prend. Je lui donne quelques consignes, le double des clés et un petit cadeau pour le remercier de s'occuper d'Eugène pendant mon absence. Je vais rejoindre la maison familiale pour l'Ascension. Le train est bruyant. Je supporte difficilement le bruit des enfants qui tambourinent dans mes tempes. Mais mon cœur reprend un souffle dans la voiture-bar. Je me surprends à sourire, les larmes aux yeux, en attendant mon café. Une petite fille me montre du doigt en balbutiant « mama, mama ». Le père, qui canalise les gesticulations de son bébé avec ses bras avertis, sourit à son tour et continue sa marche prudente. En approchant de la gare de Brest, je me laisse happer par la danse des voilures du port du Moulin Blanc. J'ai envie de manger une moule frite, perchée sur les sièges en bois, du café « Le Bout du Monde ». La soirée s'annonce douce. Retrouver le foyer quand on l'a décidé tient le cœur au chaud. Ponctuelle assurance. Cette constance du foyer m'a été ôtée à l'âge de 14 ans. Au nom de la réussite et d'une nécessité d'être à bonne école, mes parents m'avaient envoyée dans un internat catholique pour mes années lycée. Pourtant, je n'étais pas mauvaise élève au collège. Au contraire, je m'avouais consciencieuse, dans la volonté de bien faire qui ne dissimulait, peut-être, qu'un désir de plaire et d'être aimée. Je travaillais pour le bonheur d'apprendre, vite rattrapée par la pression de devoir être dans le peloton de tête. La seule petite rébellion à l'autorité fut mes bavardages. Ma disposition incontrôlable à échanger, ce besoin viscéral d'être connectée par la parole aux autres, au monde ; partager sans relâche ce qu'il faisait naître en moi, un flot chargé de sensible, d'interrogations et de craintes. Hélas, je vivais comme une faute ces dispositions de mon être. J'oscillais toujours entre le confort du cœur et la violence de ma différence. J'ai vécu le départ en pension comme un arrachement. Vieillir par le chemin de la discipline, une charge noire s'est nouée sur mon fil. Porte claquée sur le lait descendant, il me fallait admettre que le sein moelleux qui m'avait nourrie et l'épaule large qui m'avait protégée n'étaient pas mon usufruit à vie. Ainsi je perdais l'enfance sans quitter la fragilité, besoin d'être rassuré qu'elle implique et joie qu'elle permet. J'ai noyé ce besoin de protection dans des regards et des bras faussement sécurisants. Je nageais dans l'influence des autres avec un doux discernement. J'acceptais quelques déroutes et excès d'ivresse mais la colombe blanche continuait à se baigner en moi. Je n'ai jamais épanché les larmes que générait le monde, sa force, sa vitesse, son aigreur, sa violente beauté, dans les bras de mon père. La pudeur qui enveloppe nos rapports s'est amplifiée avec les années. La déception n'étant qu'une lisière au renoncement, je garde le pas prudent. Croire à la pudeur maintient mon cœur en dehors de l'eau saumâtre. Cette noirceur qui étrangle toutes formes de liens, l'indifférence.

Mon père m'envoie un SMS, il m'attend devant la gare. Je fais rouler ma valise sur le quai, avec le dépit d'embrassades fantasmées devant la porte du train. Une accolade et quelques échanges banaux entament nos retrouvailles. Le trajet jusqu'à la maison se fait dans une joie contenue. Ma mère a allumé des bougies aux senteurs fleuries et préparé mon lit dans la chambre d'amis. Mon ancienne chambre a été transformée en salle de billard. Seule ma petite sœur a gardé sa pièce et ses objets d'enfance ici. Dans mon foyer originel, continuait à brûler la braise cruelle de la différence de traitement. Une fratrie, premiers lieux des outrages à l'idée de démocratie. Mes effets personnels tenaient dans deux cartons que l'inondation de ma cave avait emportés dans le puits sans fond de l'origine. J'avais sauvé quelques peluches et une photo du CM1. Le week-end s'élance comme un oiseau dans la vitre, quand mon père se lève avant le dessert pour allumer la télé. J'allais lui parler de ma cave inondée. Je monte me coucher. Mon sourire aux dents de lait a fondu jadis sous l'oreiller. Trois petits chats accrochés au mur font le tour de ma tête. Je pelote les laines de mes nuits imparfaites. Poupée cassée par la rage d'un silence, je recale dans ces draps odorants mon rêve immense. Si seulement les issues étaient dociles. Si seulement les issues étaient divines.

La journée passe sans grande confidence. J'aurais aimé faire une sortie en mer mais Guy est absent. Nous dînons tous les trois dans un dialogue orienté par les images de la télé. J'ai l'estomac rond et bien rempli. Je regarde maman et son maquillage impeccable. Elle a eu sa séance d'aquagym aujourd'hui. Je reprends un carré de chocolat avec la tisane. L'inquiétude de grossir me rattrape déjà, lien cruel gainé de diktats, l'apparence. Je me jette dans les bruits de vaisselle et l'action de curer avec ma mère, pendant que mon père s'en est allé bricoler, ambiance familiale. En accrochant le torchon, j'annonce à ma mère que j'ai envie de voir le coucher de soleil. Elle opine sans désir de me suivre, me suggère de demander à mon père. Champ d'un possible, partage intime devant la teinte renouvelée du ciel avec lui. Cette idée me guide vers le garage où il s'affaire. Je lui propose, l'air détaché, le coude appuyé sur la tondeuse. Il m'ouvre un visage heureux mais embarrassé. En rentrant la chaise de jardin, il accepte. Mais son habitude de contrôler la moindre parcelle de son être émerge. Il ne va pas marcher jusqu'à la digue. Il va prendre un vélo. J'improvise. D'accord rejoins-moi dans un quart d'heure le long de la baie. Le temps que j'avance. Le temps que je fume. Le temps que je sente monter en moi la peur et le bonheur de se retrouver rien qu'à deux. La main droite sur ma poitrine, je marche vite, la cigarette me tourne la tête. Le vent a une fraîcheur irrégulière, mon esprit s'ébouillante de projections. Je suis arrivée et j'attends comme un fil de dentelle recousue à la force d'un rêve. Je n'ose pas descendre sur le sable, de peur qu'il ne me retrouve pas. Je regarde la mer sans la voir. J'ai rendez-vous avec mon père. Je tourne la tête, girouette inquiète, guettant sa silhouette. J'espère qu'il a bien compris le chemin, évidence d'une bonne distance. Je ne décolle pas de mon trac. Enfin je l'aperçois, le dos courbé sur son vélo, vêtu d'un pull à rayures. Je lui fais signe de la main. Il s'arrête à ma hauteur avec une mine scellée par la pudeur. Une brèche tend son flux ardent, il sourit des yeux. Nous avançons ensemble dans un mouvement différent. Il pédale très lentement pour laisser le temps à mes pas de le suivre. Le silence se déboutonne sur une banalité que j'impulse avec un vieux désir, l'écouter parler de lui.

— Tu reprends le travail lundi ?...

— Oui, de gros dossiers m'attendent au cabinet.

Nous arrivons au bout de cette marche, par à coups, comme notre dialogue. La digue se termine. La lumière est lente, un escalier nous invite à descendre sur le sable. Je dénoue mes chaussures. En relevant mes cheveux qui chagrinent mes yeux, mon père me montre que le soleil est encore haut. Il faudra patienter un long moment avant de pouvoir le voir s'évanouir dans la mer. Le vent dilue du sable froid sur notre désert. Il se frotte les bras pour me signifier qu'il a froid et me laisse descendre sur la plage en m'encourageant pour marcher encore un peu. Le vélo ne roule pas sur le sable, il n'a pas pris d'antivol. Empli de gêne et d'anxiété, il me tient à bout portant de son renoncement. Je lâche la rampe de l'escalier pour marquer l'empreinte de mes pieds nus sur le sable. Je me retourne en devinant. Il me dit qu'il va rentrer. Je cligne des yeux sans vouloir montrer la moindre déception, soupçon d'excuse dans la nuque. Un oui de la tête, il a déjà les jambes ouvertes sur son vélo. Le temps me vole encore mon père. Manque cruel dans le cœur, tambourin du rendez-vous inachevé. Mais déjà je me protège et n'en fais pas une montagne...sur

40

du sable ! Mon regard se tourne vers l'horizon lisse telle une ardoise chatoyante. Je fais des ronds dans les bâches d'eau. Ma voix intérieure, qu'Hermann Hesse appelle l'oiseau, se manifeste. Seule, je parle à mon père qui mouline jusqu'à la maison. Je lui dis que je l'aime et que notre silence me fait mal, dans l'étouffement de la honte de ma tentative de suicide. J'écoute la petite fille aux rubans roses et l'adolescente maladive prendre leur envol en moi « Ne déverse plus l'eau vive dans l'entonnoir de ton père, ne force plus aucun rendez-vous. Regarde son château-fort. Tu en as trop fait le tour alors grimpe au sommet sans son autorisation. Danse sous la lune qui se reflète dans ses yeux mais qu'il perçoit différemment. Accepte que tout te fasse mal et chaud à la fois. Ne juge pas celui qui a donné le premier souffle à tes pas. Suggère avec douceur ta vision du monde. Cesse de te taire. De t'excuser d'être. De justifier ta personnalité. Laisse gronder la mort mainte fois ressentie dans ton cœur puis cette magnifique pulsion de vie qui ne s'est jamais tarie.»

Sur ce monologue pulsatile de mon âme, le soleil rougeoyant se fait absorber par un nuage gris avant qu'il ne touche la ligne de l'horizon. Cette charnière, où tout se confond, joue sa gamme derrière les nuages arrivés en cortège hâtif pour cette cérémonie solitaire. La mer ne peut épouser l'astre et le digérer à sa guise. Un silence monte en moi, celui qui sèche les rives de l'absolu et fait accéder au contentement. Je fredonne mon reste de joie celle qui se tient en haut, tout en haut de l'arbre. Mon oiseau rit à gorge déployée. De toute manière c'est une arnaque ce coucher de soleil, sur toute la ligne ! Le regard se cale sur l'humeur. Nichée dans la présence paternelle, j'aurais certainement pensé que l'astre, déclinant sa dernière ardeur dans ce nuage gris, filtrait des grains de lumière rares sur le miroir de l'eau. En perpétuelle répétition, la mer n'est jamais lassée de se faire admirer et de rejouer sa course. Je reviendrai, fils dénoués. Je déambule encore un long moment...

En rentrant la bouche froide sur le porche, mon père m'accueille avec un élan que je pressens réciproque, celui de la torture des êtres pudiques. Je lui dis, magnanime, qu'il n'a rien loupé ! Tu dois avoir les pieds gelés. Il s'est inquiété en attendant mon retour. J'enroule les mains autour de mes pieds glacés assise au bord du fauteuil, il me tend une couverture. Je tortille les fils de la laine, laissant fuir ma mémoire, ses verrous. Nos yeux se croisent. Une lumière éblouissante les traverse. Impossible de tenir longtemps comme de regarder le soleil au zénith. Je voudrais lui dire pourquoi j'ai voulu mourir mais rien ne vient, je voudrais qu'il ose crever cet abcès qui nous ronge. Je me sens lâche et coupable. Je le pressens pire juge pour lui-même. Mais je sais que les fils du pont qu'il a construit dans ce silence entre nous sont des câbles solides. Je ne sais pas encore que la couverture qui me réchauffe va me sauver de cet abîme.

— Elle ne te gratte pas ?

— Pardon, Papa ?

— La couverture...

Il me la désigne en avançant une main chaude sur mes genoux.

— Un peu mais…ça va

Tortillement de colombe

— C'est drôle... Des choses nous réchauffent et nous incommodent à la fois

— Oui c'est comme...

— Comme l'amour...

Je fixe mon père estomaquée par le chemin de ses paroles. Lui si secret. Que lui arrive-t-il ?

— Papa, tu …

— Charlotte, je voulais te dire que...Enfin c'est... Je suis fière de toi !

— Oh…. je ….

— Tu es une belle jeune femme solide et... si fragile à la fois...

— Merci Papa …

42

—...J'ai cru que ton caractère indépendant te proté-
geait de tout...

— Papa, je suis…

— Et que jamais tu ne tomberais…

— ….

— J'ai eu peur quand tu étais à l'hôpital.

— Moi aussi...

— Quinze années.... Quinze années à essayer de t'en
parler... Pardon...

— Pourquoi ?

— De t'avoir transmis tant de fragilité...

— Mais non, enfin…je...

— Charlotte, tu te sens différente ? Hypersensible ?

— Euh, oui...

— Lunatique... Solitaire ?

— Oui c'est à peu prés ça, enfin... complètement ça !

— Alors tu me ressembles... Cette couverture... Elle
vient de l'internat où j'étais.

— Dis donc ! Elle a traversé quelques décennies.

— Moi aussi …

— ….

— Tu sais cette couverture me rappelle un soir
d'octobre à l'internat. J'étais triste à cause de ma première
rupture et angoissé comme jamais.

— J'ai connu....

— Ma chérie, j'ai fait comme toi ! J'ai voulu mourir...

— Toi Papa !... Mais...

— Oui moi. Le roc insubmersible... J'ai été un jeune
homme amoureux et suicidaire.

— Je n'aurai jamais cru que …c'est…...

Dans un soupçon de larmes, au moment où ma mère
entre pour interrompre ce flot de confidences, mon père se
lève et me tapote l'épaule. Je comprends alors qu'il me
donne accès depuis toujours à l'amour véritable, cette générosité essentielle qui fait que l'on s'oublie pour laisser
l'autre être ce qu'il peut.

— Et si on ouvrait une bonne bouteille avec des rillettes... Après tout, la mer est immense et ça creuse le ventre !

Je me frotte les yeux, la couverture irrite et réchauffe mes jambes.

Me voici debout pour accepter le verre que me tend mon père, la couverture rêche à mes pieds. En trinquant, j'entends une dernière fois la phrase de Barricco vibrer en moi...

« Des choses arrivent qui sont comme des questions. Une minute se passe ou bien des années puis la vie répond »

L'Amour Extrême

Alan s'éponge le crâne impacté de sang. Trois coups suffisent. L'inscription est taillée dans le bois de sa matraque achetée avec sa copine de l'époque, écervelée, qu'il a quittée quand elle a fait piquer son chien. Alan a une empathie démesurée pour les animaux mais pas pour ses semblables. Il nettoie son arme. « Encore du bon matraquage d'arabes ». Sa bande se réunit tous les mardis dans les sous-sols d'un immeuble désaffecté pour se préparer à la guerre des races. Ils écoutent Bunker 84 pour s'exciter le cerveau, entonnent des discours pro-nazis dans une cave aux murs crasseux emplis de leurs fanzines. Ces skinheads sont une petite dizaine, Stéphane est un chef charismatique et puissant. Il leur donne des plannings d'entraînement physique pour échafauder des embardées punitives. Alan se sent démesurément vivant depuis qu'il a rencontré Stéphane un soir de beuverie. Jusqu'à quel point se fondre dans une idéologie ? Qu'est-ce qui fait communion dans un groupe ? Adhérer ensemble tient le corps tout entier dans une étrange électricité, pulsation de basses et de cris rauques pour défouler une violence. Alan l'avait accumulée pendant cinq ans dans sa chambre d'internat baignée par l'individualisme, le désenchantement et la honte.

De ce fameux été passé à Marseille à l'âge de 14 ans, Alan n'était jamais vraiment revenu. Il était descendu avec ses parents, une famille de la classe ouvrière sans histoires visibles. Quinze jours d'extases solaires et de baignades méditerranéennes se profilaient. Alan était fils unique et s'ennuyait ferme. Les amis de ses parents, qui avaient une marmaille plus conséquente, ne l'intéressaient pas. Il se contentait de répondre poliment, de mettre la table mais ne la débarrassait jamais pour enfourcher son vélo et partir errer sur le port. Il avait le double des clés, on le laissait libre de profiter de l'été jusqu'aux petites heures du jour. Il rentrait souvent avant, légèrement éméché, toujours imbibé de son ennui poisseux. Un soir alors qu'il était installé à une table léchée par un vent agréable. Un gars lui demanda son briquet. C'était un Maghrébin fin aux yeux très noirs sertis de cils vertigineux. Alan en fut troublé. Le jeune homme prononça une banalité en lui rendant son feu et la conversation s'engagea naturellement. Il finit par s'asseoir en face de lui. Alan était aimanté à ses yeux et à sa voix claire. Il avait quelque chose de féminin et d'étrangement assuré dans chacun de ses gestes. Leur complicité était douce et insoupçonnée. Alan finit par le suivre derrière le port. Tout était dit sans paroles, son corps brûlait de connaître le vertige, la passion, l'interdit. Le jeune Arabe s'appelait Riad. Il le colla au mur, prétextant une fouille pour contrôle d'identité. Riad avait une imagination débordante pour transformer les scènes humiliantes de sa vie en verset d'érotisme. Le cœur d'Alan se gonflait de trouille et d'extase. Il se laissait faire. La main de Riad était fine et passait maintenant en dessous de son t-shirt, sur son torse lisse. Il se cabra et voulut arrêter la scène mais Riad le recolla au mur en l'embrassant à pleine bouche. Sa salive avait un goût délicieux, neuf et insoupçonné. Il tomba dans un filet exquis et se mit à souffler fort, se laissant faire encore et encore. Riad lui susurrait à l'oreille « Tu vas jouir dans ma bouche » Et son short n'était plus qu'un feu, une onde grandissante et musclée. Alan vécut une extase à la fois délicieuse et dégueulasse.

Il rentra honteux et vidé. A table, il ne parlait presque plus. Il restait dans sa chambre tout le jour durant, se masturbant en pensant à Riad, pendant que la jolie famille se baignait insouciante. Il connaissait son premier vertige amoureux. L'été grinçait dans sa tête, être sous l'emprise d'un autre du même sexe. C'était trop fort, incompréhensible et destructeur. Riad prenait toute la place, il fallait qu'il le revoie pour mettre un terme à son désir, le tuer ou l'accentuer. Trois jours écoulés dans un mutisme érotique, il se décida à redescendre sur le port. Il sirotait une bière sans grande conviction et fumait clope sur clope quand Riad apparut vêtu d'une chemisette blanche. Assuré et terriblement beau. Il s'assit en face de sa proie :

— Tu as peur ?

Alan ne répondait pas se contentant d'œillades hypnotiques et craintives. Riad comprenait tout. Il inclina la tête en guise de départ imminent. Alan le suivit et s'enfonça encore plus loin dans le désir et la chair, il fallait que l'endroit soit sordide comme ce qu'il découvrait en lui mais qu'une vue magnifique couronne son amour. Ils avancèrent longtemps mais Alan ne se déroba pas, un instinct lui dictait de marcher dans les pas de Riad. Au premier regard, au premier contact de peau, quelque chose s'était scellée entre eux. C'est dans un vieux cabanon avec une fenêtre ouverte vers le bleu rémanent de la mer que Riad le prit impactant son cou de baisers avides et mordants. Alan jouissait démesurément, il en pleurait. Quand il quitta Marseille, Riad avait déserté le port, plus aucune trace de sa silhouette grisante. Sur la crique Saint Roland, roulait la mer, lessive de petits galets blancs. Léger surplomb du cabanon à l'abandon portant un tissu disloqué au mât de son béton armé. Le lieu semblait comme soulagé d'être délaissé de l'enfer des vivants. Riad avait laissé quelques mots fruités et déchirants sur le mur du cabanon qu'Alan relut frénétiquement jusqu'à exploser ses pupilles :

— Alan je t'aime ! Oublie-moi...

Alan s'était rassuré de ce déchirement. Il rentrait à Paris pour reprendre une vie normale, oublier ce vertige de contradictions estivales. Hystérique, le chant des écluses. Les filles du collège alimentaient les commentaires machistes de sa bande. Il en dragua deux l'année du brevet, elles étaient vierges et niaises. Il n'arrivait pas à les aimer. C'est seulement dans son onanisme qu'il rejoignait l'idée du vertige, la liberté effrayante de la mer et le souvenir cruel de la peau de Riad. Le supplice dura quatre ans. Son bac en poche, il détestait le temps présent et les félicitations magnanimes de ses parents aveugles. Alan voulait se réinventer. Trouver une nouvelle narration pour son corps infidèle et perturbé. Par la seule vertu de l'imagination, un être déraciné de sa sexualité et de son identité pouvait se sentir à nouveau défini et habité. La reconquête du narcissisme se fit sur un processus d'inversion du mépris. L'ancienne extase, vécue comme une humiliation dans sa chair, était à retourner contre l'autre. Il fallait à tout prix venger sa virilité blessée dans une nouvelle image charismatique pour tuer Riad. Ce processus s'enclencha un soir de violence, dans un bar où il vit un molosse castagnait un Maghrébin. Il globalisa cette colère environnante, se l'appropria et sentit son âme revivre sous cette vision résumée à un sang qui avait giclé sur son blouson. A la sortie, il félicita le mec aux muscles saillants et au crâne rasé. Il s'appelait Stéphane et sourit d'une petite gloire entendue, en lui filant rencard le mardi suivant prés de l'ancienne usine. Alan se mit à croire en Stéphane, à sa violence, à sa force et à ses idées. Le groupe était dominant et le faisait accéder à une discipline, une communion dans la définition de l'ennemi. Un défouloir formidable pour sa colère adolescente. Il se sentait méprisable et indigne d'être un homme, un vrai. Là, c'était un dur qu'il devenait. Les entraî-nements étaient physiques et rudes, des salves de pompes, d'abdos, d'uppercuts, de kicks. Son corps au fil des mois prenait de l'ampleur et de l'assurance. Le basculement de la croyance à l'idéologie se fit dans la jouissance que lui fournis-sait ce défoulement de violence sur des corps halés comme celui de Riad. L'inversion se faisait dans son psychisme, à l'extérieur il cognait, à l'intérieur, il avait enfin la capacité de mépriser celui qu'il l'avait désarçonné de sa chair. Tous ceux qui ne pensaient pas comme le groupe était le mal. Il était utile de débarrasser le sol d'une vermine. Il tapait plus fort quand des restes d'images pornographiques éructaient à la surface de son être. Mais Riad ne sortait jamais définitivement de son esprit. Alan se demandait ce qu'il était devenu, transpirait à l'idée d'acheter un billet pour Marseille mais se ravisait à chaque fois, augmentant le son dans ses écouteurs diluant des musiques oi !

Au bord de la grande bleue, Riad avait erré quelques mois. Son échec scolaire était cuisant, ses yeux injectés de sang. Il se décida à traverser la méditerranée pour rejoindre son oncle et ses cousins restés au pays. Il chercha un petit boulot sans épanouissement. Ses cils étaient toujours aussi élancés et fiévreux quand l'image d'Alan le traversait. Il n'avait jamais vécu l'amour avant Alan, effectuant des petites passes derrière le port pour se payer de la coke. Cet été là, il avait été pris d'un vertige, dépositaire de lui-même, impossible de demander de l'argent à cet autre reconnu. Le gouffre de l'amour fulgurant avant même d'y avoir songé. Plus rien n'avait de saveurs depuis que l'érotisme avait impacté sa tâche jusque là mécanique et pécuniaire. L'émotion était entrée lui faisant perdre tout contrôle, il se détestait d'avoir encré son amour sur le mur du cabanon. Pour soulager cette souffrance contradictoire, il fallait mourir ou changer. En terre orientale, Riad se mit à faire une association morbide entre occident et sexualité débridée. Il avait subi l'influence du mal trop jeune et se définissait en victime par des causes extérieures à lui-même. Il fréquenta une mosquée plus radicale. En zappant sur les chaînes de télé dans le snack où il travaillait ; il rejoignait les paroles d'un certain Aly dont le prénom résonnait à peu de lettres prés comme son premier vertige masculin. Ensemble, ils développaient une haine pour l'Occident. Son intégration dans un camp d'entraînement se fit avec un désir sans failles. L'endoctrinement était facile et insufflait le goût du combat dans sa bouche insipide. Le processus de la radicalisation de son esprit était en plein essor. Il buvait les prêches des prédicateurs extrémistes avec la soif de l'oubli et du but. L'anti-impérialisme était un leitmotiv évident, les prières des moments de transe, les privations et la douleur physique une jouissance de maîtrise. Tout ce qu'il avait pu faire de sale dans son passé était à cause de l'Occident ; il était de la religion des opprimés de l'islam. On lui donna une femme puis deux. La haine de la pornographie et de l'homosexualité était incontestable. D'inverti innocent à 16 ans, il passa polygame rigoriste à 20 ans. Mais ses mariages se consommaient mal. Il faisait le nécessaire hygiénique, les laissant à elles-mêmes, samedis de Mélusine. Sa queue à lui n'avait rien d'un serpent. Il se droguait encore à la cocaïne pour trouver de l'élan. Une vie d'isolement, une foi passionnée pour combattre. Il fallait sacraliser la mort et devenir martyr au nom de son ancienne indignité. Il fut repéré pour son abnégation par le leader et envoyé pour sa première mission terroriste sur la terre impie et souillée. Il retraversa la Méditerranée, le cœur en ordre, l'esprit guerrier. Il s'installa dans la banlieue de Paris, on lui donna une petite chambre et un scooter. Il fallait être discret et insensible, pratiquer sans retenue la dévotion à Dieu et se préparait à agir.

Ce soir-là, Riad fit comme d'habitude et gara son scooter à plus de 300 mètres de son studio pour ne pas être vu. La taqiya le faisait longer discrètement les ruelles d'un pas austère. Au loin, il entendait une bande parler relativement fort. Il pressa le pas. Les hommes le rattrapaient et semblaient s'adresser à sa silhouette. Il rentra la tête dans son col mais son art de dissimulation ne suffisait plus. Le cercle se forma autour de lui. C'était la bande de Stéphane. Ils étaient sept. Ses yeux en firent distinctement le tour. Il se figea. A la quadrature du cercle, Alan en fit de même. Le temps n'avait plus une seule pulsation, leur cœur respectif emportait tout. Les mains se raidissaient autour des matraques, l'ambiance s'électrisait. Alan fit un pas vers le centre et toisa la chair fraîche. Il fallait qu'il s'attribue celui qu'il aurait reconnu parmi mille. A l'approche, il distingua les cils de Riad toujours aussi longs et noirs, tout valdingua à l'intérieur de sa coque de croyances. Plus rien n'appartenait à la nuit, les souvenirs se mirent à chahuter à la porte. Des cris intérieurs se firent prison sur le point de rompre ses barreaux dans une déflagration grise. Alan frappa Riad dans le bas du dos. La proie ne réagissait pas comme pour exciter la foudre du cercle, ultime résistance dans une neurasthénie provocante. On distinguait seulement le mouvement de ses lèvres que le groupe interprétait comme quelques sourates. Pourtant, Riad n'invoquait rien et savait dissimuler sa foi sous la contrainte. A l'écoute de son souffle, Alan défaillait. L'idée de la mort n'avait jamais été si proche. Elle prenait une consistance, un visage, une histoire, une résonance, un prénom. Alan tanguait à l'intérieur de son cerveau en ébullition. Il s'opposa à l'approche des autres membres du clan et cria

— Chef !

Stéphane le regarda fermement, attendant la suite de ses propos.

— Laisse le moi...

— Ah ouais, et pourquoi ?

— J'ai le feu dans le corps ! Je vais l'emmener dans la cave pour lui apprendre à parler.

— Tu te la joues solitaire ?

— Non, j'ai une affaire personnelle à régler...

— Pas de ça dans la bande !

— Demain je t'apporte Sandra si tu me le laisses.

— Ta belle cousine ?

— Je lui parlerai, je sais qu'elle te plaît.

Stéphane se laissa convaincre, ça faisait plus de deux semaines qu'il n'avait pas joui. Les autres gars ne protestèrent pas, peu excités pas ce corps apathique.

— Vise bien les rotules et la mâchoire pour lui couper l'envie de prier à cette poule mouillée ! Mais arrête toi à temps…Ça me rend bucolique de penser à Sandra !

Dans la cave, Riad baissa les yeux. Alan lui prit fermement la mâchoire. Ils se livrèrent à la plus violente des confrontations. Chacun ruait de coups, mais le contact des peaux était toujours aussi vertigineux. Les effusions de sang narraient la part agressive de leur alchimie. Ils ne répondaient plus de rien, tout se décloisonnait. Les convictions tombaient. Le langage de la guerre le plus proche de l'amour prenait tout son sens. Renversés, déchirés, blessés, sanglants. Ils étaient le corps et l'esprit reposant dans ce vertige contradictoire et irrésistible. Ils finirent épuisés sur le sol, amochés. Ils faisaient l'amour.

Dans la nuit au croissant de lune saillant, on vit un scooter passer. Un islamiste fraîchement avorté conduisait avec un skinhead en pleurs derrière sa croupe. Ils roulèrent, toute la nuit, électriques et gorgés. Plus de défense contre le chaos. Coupés en deux ne tenant plus qu'en leur entité amoureuse. Trois jours après, ils prirent un billet pour l'île de Beauté. Les deux hommes se terrèrent dans le maquis avec une arme, trois chèvres et un potager. Ils se rasèrent respectivement tout le corps. Leurs peaux lisses, l'une conte l'autre, n'avaient cesse de se parler. Les gladiateurs étaient libérés de la servitude de l'arène. Tuer l'ennemi en l'aimant. Le monde se résumait à leur solitude bifide. Au village, on disait que deux moines habitaient la vielle grange. Au crépuscule, ils scandaient de drôles d'incantations vibratoires qui aimantaient la mer et défiaient la constellation du Scorpion.

La Poupée

Dans un élan de colère, mon père traversa la cuisine sans nous aviser et monta les marches qui menaient aux chambres. La pendule en bois indiquait presque onze heures. Sa silhouette robuste gifla les petites peintures d'aquarelle accrochées au mur de l'escalier. L'une d'entre elles s'éclata au sol. Mes mains, qui épluchaient les pommes de terre avec la patience appliquée d'une fillette de 9 ans, tremblaient. Ma mère posa son couteau et me pressa l'avant-bras pour me signifier qu'elle était là. Elle osa le talonner pour ramasser le cadre qui, dans sa chute était arrivé sur le seuil de l'entrée, juste au pied du secrétaire où le courrier des impayés s'amassait. J'avais posé la patate dans la casserole. Je triturais les épluchures qui laissaient des traces de terre sous mes ongles. Je malaxais nerveusement. Mes yeux se levaient par intermittence avec un rythme mal contenu, angoisse. Ces moments suspendus où je craignais mon père étaient de plus en plus fréquents. Dans ces longues minutes, mon petit corps se crispait. Avec l'impression d'être attaquée dans mon propre terrier, je ne savais plus où me replier à part sur moi-même. Ma mère agenouillée sur le carrelage de l'entrée, ramassait les petits bouts de verre dans une courbure obligée. Elle m'effleura avec douceur en allant chercher le balai dans l'armoire. Ma force vive m'indiquait de l'aider, mais je restais assise au bord du banc de la cuisine, incapable de rien, sauf de scruter la pièce en vérifiant que je n'avais rien laissé traîner qui aurait pu contrarier mon père. Son exaspération nous dépassait. Elle sentait le souffre et menaçait à tout moment de s'abattre en gifles sur nos mines fragiles. Je le sentais, il m'en voulait. Tout ça c'était sûrement de ma faute.

Depuis la rentrée, des nuages épais parcouraient ses pupilles, il semblait contrarié. Je me disais qu'il fallait que j'étudie davantage pour qu'il cesse d'avoir l'air soucieux. Il était petit mécanicien dans une grande usine. Je sentais l'insécurité permanente dans laquelle mon père vivait, sans pouvoir me l'expliquer. Quelque chose tambourinait dans ses tempes, il était habité par des pensées serrées qui semblaient mener son cerveau au bord de la nécrose. Parfois il trouvait des bouffées d'air pur dans la tiédeur de mes joues. Il les embrassait avec conviction quand je lui annonçais mes bons résultats scolaires. Il me fallait être la première de la classe. Mon père était gainé par l'idée de la réussite. C'était essentiel, une urgence à combler dans le désert de sa vie d'ouvrier. J'étais le réceptacle de toutes ses ambitions intellectuelles avortées. Il n'avait pas pu les réaliser à cause de son propre père pressé de le voir gagner de l'argent pour lui en réclamer. Son exigence était un bouquet d'aiguilles qui transperçaient ma peau. Après tout, j'étais née dans une rose alors les épines étaient mon lot ! Je pense que je vivais pour le satisfaire, j'avais la peur au ventre de le décevoir. Parfois la nuit, je me relevais et j'allumais doucement ma lampe de chevet pour relire mes leçons. Je voulais les connaître sur le bout des doigts, jusqu'à l'épuisement. Le lendemain, quand je levais la main pour donner la réponse avant tous mes camarades, c'était un triomphe intérieur. J'imaginais mon père me féliciter et incliner la tête avec un regard satisfait. J'aurais aimé connaître le répit ou la jalousie, que mon père dilue son exigence sur un autre ou une autre que moi. Mais j'étais fille unique, pour de bon. Six ans après ma naissance, ma mère avait fait une fausse couche et une opération grave lui avait valu la mort de sa petite machine intérieure à donner la vie. Mon père était très déçu de savoir qu'il n'aurait jamais de garçon, alors par la force des choses, j'étais aussi son petit soldat. Jusqu'à cette rentrée de septembre, je ne savais faire que ça. Rejoindre l'approbation pour plaire à mon père.

Béatrice est arrivée. Un choc quand elle est rentrée dans la cour. Je n'étais pas la seule à la dévisager mais l'unique à rompre la stupeur pour me mettre à côté d'elle, lorsque la maîtresse nous a demandé de nous mettre en rang par deux. Depuis j'avais perdu le titre de meilleure amie de Marine. J'avais osé lui faire cet affront : ne pas me mettre à côté d'elle le jour de la rentrée. Je ne pensais pas à mal, ne cherchant aucune guerre, je voulais juste accueillir cette nouvelle élève. Mais ça m'en coûta ! J'entendais des horreurs sortir de la bouche de quelques filles qui s'étaient ralliées à Marine. Les regards dédaigneux tombaient comme des couperets. Je souffrais de recueillir si vite la méprise de Marine après tant de serments échangés sur nos cahiers l'an passé. J'avais rompu le sacre qu'elle cherchait auprès de tous. Elle voulait être la préférée, de moi, de la maîtresse, du directeur, des parents, du boucher, du boulanger… Marine n'avait pas supporté d'être ainsi détrônée de mes préoccupations par une nouvelle arrivante, surtout une fille comme Béatrice ! Ça parlait derrière les mains, au fond des foyers quand la porte était close. Je le sais : les enfants ne faisaient que répéter à l'école ce qu'ils entendaient chez eux. Alors, mon amitié avec Béatrice devenait exclusive ; peu à peu, je m'éloignais des autres pour me consacrer à elle. Je crois que si j'avais été un garçon, je l'aurais demandée en mariage pour la protéger des loups terrés au fond de leur tête. Quand nous parcourions la cour et le préau, nous inventant des jeux de princesse, la liberté soulevait nos petits pas. C'était formidable de se sentir à deux contre tous. Ça n'avait rien de comparable aux échanges que j'avais connus avec Marine, qui m'avait toujours maintenue dans son ombre pour mieux briller.

Nous habitions une petite maison dans un village du Piémont vosgien. Derrière un long chemin de terre bordé d'herbes sauvages, il y avait un étang, mon refuge. Je parcourais cette chaussée, les pieds légers et l'âme bucolique, en rentrant de l'école avec Béatrice. Elle l'aimait autant que moi cet étang ; pas comme Marine qui rechignait à venir y rêver avec moi. Elle affirmait, avec un air de dédain, que ça sentait le poisson ! Elle avait pourtant su y être insouciante, deux ans auparavant. Quelques insectes faisaient chanter leurs ailes, l'odeur de l'herbe fraîchement coupée était agréable. Le tissu que ma mère avait posé par terre était teinté de fleurs roses. Dents blanches, sourires, robes de coton légères enveloppant une bienveillance. Tout était doux, mon père pêchait et ma mère coupait le pain. A l'époque, amoureux, ils semblaient être à l'abri du monde. Peu importe l'espace qu'il y avait entre leurs yeux, ils se regardaient comme deux êtres vivant la même histoire. Ma mère travaillait encore à la quincaillerie qui, depuis, avait fermé boutique. Nous ne manquions de rien, un salaire en plus allait permettre de l'accueillir sans souci cet autre, ce frère ou cette sœur qui jamais ne vint. Je riais avec Marine en sautant au dessus d'une corde que nous avions nouée entre deux arbres. Le ciel était bleu comme une céramique d'Espagne et le soleil nous chauffait la peau. Nous étions comme des petites brioches chaudes gonflées par le bonheur et la douceur de l'enfance. Ma mère nous berçait de ses yeux éclatants, les mains jointes sur son ventre habité.

Ce mois de septembre était encore estival, mais plus aucune trace de bonheur familial ou de jeux légers avec Marine n'habitaient la pelouse jaunie. Je portais des sandales et des petits cailloux blancs s'y inséraient. J'avais le cœur serré quand Béatrice continuait à avancer alors que j'étais assise dans l'herbe sèche à essayer de les déloger. J'avais peur qu'elle disparaisse, qu'on me l'enlève. Et que Marine revienne, marchant comme une cigogne précieuse en se bouchant le nez, pour dénouer les cordes de l'insouciance par dessus lesquelles nous sautions. Pour moi, c'est Béatrice qui détenait la vraie classe, avec sa belle peau et ses socquettes blanches qui se retournaient pour laisser apparaître un liseré de dentelle autour de sa cheville. Ses souliers étaient toujours lustrés. Ses longs cheveux noirs étaient épais. Les miens étaient blonds comme les blés et très fins. Mes vêtements étaient de seconde main, hérités en grande partie de ma cousine. J'étais remplie quand la vie de Béatrice côtoyait la mienne. Notre complicité s'était tissée comme un drapeau qui réchauffe l'âme sans l'étouffer. Demain serait beau puisque nous le passerions ensemble. Ensemble jusqu'à la place, où elle devait me quitter pour rejoindre l'appartement qu'occupait sa famille au dessus de la mairie. Je n'y rentrais pas mais j'insistais pour qu'elle me suive jusqu'à chez moi ; elle n'opinait jamais. Son refus avait la sonorité d'une habitude au renoncement.

Un soir de nuit claire, ma mère, qui avait coutume d'adresser des cantiques aux étoiles par la lucarne, s'arrêta au beau milieu de sa chanson. Mon père avait renversé une bouteille dans la cuisine et pestait bruyamment. Elle me souhaita bonne nuit puis se figea dans sa précipitation pour descendre. Accentuant l'importance des paroles qui allaient sortir de sa bouche en joignant les mains, ma mère me demanda d'inviter à nouveau Marine « Pour ne pas chagriner davantage mon père » Qu'était-elle en train de supplier ? Il y avait une terreur qui rodait dans ses yeux. Ce soir, elle avait trop laissé cuire la tourte, ça ne lui ressemblait guère. Elle passait des heures machinales à briquer les étagères, les sols et même les tringles à rideau. Mon père buvait un peu trop et de plus en plus souvent. Il ne se gênait pas pour disputer ma mère au bas de l'escalier, elle se laissait faire la tête révulsée. Elle ne se remettait pas de l'avortement involontaire, dans sa chair et sa féminité. Mon père non plus, dans sa fierté et ses projections. Moi, par conséquent, dans ma solitude et ma culpabilité. L'espace entre eux ne prenait plus la largeur de l'étang, ni celui de la nappe à fleurs ou des éclats de rire en forêt. Ils restaient là, terrés sans se regarder, tels deux êtres ne supportant plus de partager la même histoire. Alors les enfants se sentent responsables et cherchent dehors par la lucarne une âme jumelle, singulière, coupable comme eux. Coupable de quoi ? De rien, de tout, enfin d'être là. Et quand ces moments violents et inexpliqués venaient oppresser mon cœur, je pensais à Béatrice. Différente, en souffrance sans que ce soit de sa faute. Nous étions du même encre, le monde déversait son acidité et notre œil en était brûlé similairement. Béatrice, telle une lampe allumée dont la lumière filtre en dessous de la porte, malgré les paroles blessantes qui abîment nos chevilles et les coups du sort qui font tomber certains rêves. Je résistais pour que les miens restent aussi grands que l'étang. Cette nuit-là, alors que toutes ces émotions faisaient tanguer ma tête, j'eus la diarrhée. Je ne demandais pas le secours de ma mère. Le lendemain, je pensais à fuguer. Mais me ravisa au bas de l'escalier quand je m'aperçus qu'il pleuvait et que ma mère ne dormait sûrement pas. La pluie tapant sur le carreau la rendait nostalgique de son premier amour « tellement romantique ». Elle le disait en douce pour punir mon père qui préférait boire autre chose que ses paroles. Je remontais l'escalier imperceptiblement, passant devant les ronflements de mon père qui épuisaient la porte et les yeux de ma mère qui y restaient fixés la nuit durant. Je rangeais mon sac, vite préparé, sous mon lit. Étroite en moi-même comme une gouttière qui ne veut plus de son eau. Les draps avaient une odeur de petite fille qui grandissait. Le rose des taies avait un air défait. Je me rendormais après ma sage décision. Mais me réveilla une heure après, trempée comme une athlète en fuite, devant une foule onirique qui me huait avec en son centre Marine.

Marine était la fille du maire du village, riche viticulteur. Mon père appréciait que j'en fusse la meilleure amie. Ses parents avaient invité les miens à dîner l'an passé. Je venais d'un milieu beaucoup plus modeste et mon père reluquait les bonnes fréquentations. Il se faisait bien voir en effectuant l'entretien de la voiture de Monsieur le Maire en échange de bonnes bouteilles de vin. Lorsque mon père me demanda ce qu'il en était du week-end des vacances de la Toussaint, que nous avions tant réclamé de faire avec Marine. Je baissais la tête en stipulant que je ne lui parlais plus. Interloqué par cette nouvelle et la perte de potentiels profits, il me somma de monter dans ma chambre sur le champ sans mériter la fin du dîner. Je n'avais avalé alors que deux cuillerées de ma soupe. Il croyait, avide, que côtoyer des riches rendait intéressant. Mais le standing ne se transmet pas comme un virus. Se moucher dans la serviette d'un bourgeois n'a jamais fait pousser des diamants aux doigts.

Un jeudi d'octobre, Béatrice trouva porte close. Sa mère et ses trois frères n'étaient visiblement pas encore rentrés, il pleuvait. Ma mère devait être d'humeur mélancolique. J'insistais donc pour qu'elle vienne jusqu'à la maison y prendre le goûter et attendre le retour des siens. Embêtée, elle tergiversa, répondit à mon impatience amicale et me suivit. J'avais la clé de la porte d'entrée dans ma poche, mais je frappais pour prévenir ma mère de la venue de mon amie. Elle détacha la rêverie de son visage et ouvrit en lissant son tablier :
— Maman, je te présente Béatrice. Tu sais... je t'en ai parlé...
Le corps de ma mère recula comme dans un mauvais discours. Elle marqua un temps de pause. Béatrice avait les yeux rivés sur ses chaussures. Le goûter fut laborieux. Ma mère regardait la pendule avec une vive inquiétude. La pluie continuait de battre mais sa mélancolie était prise à la gorge par la peur que mon père arrive. Qu'il la surprenne en train de rêvasser à son premier amour ne lui faisait pas peur ; elle savait inventer, mais qu'il surprenne Béatrice chez nous la terrorisait ! Alors, elle prit vite congés après avoir mâché

59

douloureusement sa tartine aux myrtilles. Le Nutella avait un goût d'avant messe, chez nous c'était uniquement le dimanche, un vrai louange dans la bouche. J'aimais Béatrice. Alors au moment précis où elle quitta la maison devant les yeux maternels en soulagement, je me mis à détester ma mère. Face au portail, nous croisâmes la secrétaire de Mairie qui me regarda de travers. Effrontée, je lui tirais la langue. Elle s'offusqua et rentra en maugréant dans son 4×4. De retour, je montais directement dans ma chambre. Ma mère, dans l'embrasure de la porte de la cuisine, m'ordonna de ne rien dire de la venue de Béatrice à mon père. Je baissais le menton en guise d'acceptation, sans consentement du cœur. Une rage me montait aux yeux et une conscience douloureuse amarrait en moi. Quelques jours plus tard, je fus estomaquée de croiser le regard de mon père à travers la grille de l'école. Il était 10h, nous étions en récréation, il était visiblement en espionnage. Commère de première, cette secrétaire de Mairie ! Une peur panique me monta dans les veines. Je lâchais la main de Béatrice en prétextant un douloureux mal de ventre. Arrivée dans le cabinet de toilettes à la porte gondolée et nauséabonde, je m'effondrais en larmes.

Ma mère était en train de jeter les restes de l'aquarelle ; j'étais revenue à la trituration des épluchures de pomme de terre. Mon père redescendit furieusement de l'étage où il avait visiblement retourné ma chambre. Il tenait la poupée que Béatrice m'avait prêtée dans les mains, l'œil dévasté par un sentiment que je ne lui connaissais pas. Je ne l'avais pourtant pas laissé traîner, cette Corolle pas comme les autres. C'était la première fois que j'en tenais une de la sorte. Elle était en sécurité dans ma chambre, au fond de la couette. Mon père se planta devant moi en me toisant d'un regard inquisiteur. Le silence se mit à tourner autour de la table comme un oppresseur. Le coucou de l'horloge le brisa et mon père, autoritaire, me somma de le suivre. La peur, la détresse, s'emparaient de moi. Il fit claquer la porte d'entrée, un des carreaux se brisa, des larmes sortirent de mes yeux, sans bruit. Arrivés dans le garage, il jeta la poupée de Béatrice dans la poubelle, me demanda ce que je faisais avec cette horreur, me gifla sans me laisser le temps de répondre et m'ordonna de ne plus jamais la fréquenter.

5 Mai 2002 : mon père sort de la cabine en soulevant le petit rideau orange. Il reprend fermement son allure en se dirigeant vers l'urne, la mâchoire serrée sur sa détermination. Il me l'a lâchée tout à l'heure, pour que je prenne les noms des deux candidats. C'est le second tour des élections présidentielles. Mon père insulte le petit écran quand notre actuel Président apparaît. Il est ivre d'une euphorie maladive depuis que son idole a passé le second tour. La secrétaire du maire me reconnaît et m'interpelle, j'en profite pour me libérer de la main paternelle :

— Comment va la belle Angélique ? Oh ! Quels beaux yeux bleus. Votre fille a grandi, elle est magnifique !

Mon père sourit, il est fier de mes yeux clairs :

— Merci, oui c'est une belle gamine.

— Et j'ai entendu dire qu'elle est bonne élève !

Je déteste cette hypocrite. Mon père acquiesce et sourit comme un dresseur de lion. Je le devance pour sortir sur le parking. Le dépit m'envahit. Je rejoins la voiture, les yeux sur ma piste intérieure mais aucun avion ne semble vouloir décoller de moi. Le village sent l'ortie ; il me pique de ses lois silencieuses et de son esprit étriqué. Mes yeux se perdent sur le haut des herbes qui se laissent chanter la musique du vent. L'étang me sauvera peut-être. Je tourne la tête, un chat noir passe, j'ai l'idée de le suivre. Mon cœur s'agite, je la reconnais. La silhouette de Béatrice et ses jolies tresses se dessinent de plus en plus vive dans mes yeux, elle descend la grande rue entourée de ses frères. De loin, là où les traits du visage sont des voiles confondues à la clarté du jour. Je lui souris avec toute la force de mon silence. Elle sait qu'en dehors de la route de l'étang on ne peut pas se voir... Mon père pourrait le savoir. Justement il déboule les marches de la mairie mon patriarche aux épaules larges, fracturé d'idées courtes et de rictus d'orgueil, de préjugés et de haine. Je suis encore à un âge où je dois le laisser décider pour moi. Mais une guêpe m'a piquée... Depuis quand déjà?... Depuis Béa. Je ne suis pas de la même planète que celui qui m'offre une éducation et un toit. Il m'impose ses croyances, c'est une violation de ma liberté de conscience. Je m'engouffre dans la voiture qu'il a ouverte de loin, les clignotants ont lancé deux lumières. Ma détresse, elle, est invisible.

Béatrice a déjà passé son chemin dans une habitude discrète. Elle s'éloigne. Je l'aime. De loin. Je voudrais courir vers elle. Mais au bord de l'eau, elle m'a fait jurer de ne pas tout compliquer. Le temps a passé. Depuis l'entrée au collège, on ne se voit presque plus. De loin, là, dans ma tête, où les souvenirs parfois s'agitent pour me rendre inquiète. J'entends encore mon père hurler en jetant sa poupée à la poubelle :

— Sale peau de mulâtre !

Béatrice est noire, immigrée de Dakar. Noire, de prés, de loin.

Ce soir c'est dans l'étang noir que j'irai noyer mon chagrin. Je ferai des ricochets sur sa surface lisse, pour que monte vers le ciel, l'étendue de ma véritable identité à travers la présence de Béa... Un jour, je serai moi, là-bas ...

Délit d'Ennui

Tous les matins, Monsieur remontait le boulevard de la Victoire, les épaules rentrées. Poursuivi par des projections non assouvies, il ne s'était pas marié et n'avait pas de descendance. D'un naturel plutôt complaisant, il opinait souvent. Il réconfortait son quotidien par des petits rituels de contentement. Boire du café arabica après une tarte au citron, applaudir et siffler le rappel. Mais depuis peu, rien n'y faisait plus, il avait perdu le goût. A vrai dire, celui-ci n'asservissait pas ses papilles mais la partie la plus vive de son anatomie : son cerveau. Il pétillait à l'idée de se mettre une œuvre sous la dent. Depuis quelques semaines, plus rien n'avait d'impact. Le vide du sens engendrait la perte de l'émotion intellectuelle. Il crut d'abord à des causes extérieures, le manque de lumière pouvait engendrer l'apparition de troubles affectifs saisonniers. Aujourd'hui, il avait déjeuné dans sa cuisine baignée de soleil mais sa tristesse n'avait pas filtré. Sa fatigue venait d'une zone profonde qui éructait une lave acide à la surface de son âme lisse. Il décida de revendre les places de théâtre achetées avec enthousiasme encore quelques mois avant. Pris d'un vertige jusque là inconnu, ses heures étaient assaillies par l'ennui. Une laine invisible aux mailles serrées semblait gainer ses gestes, qui comme ses paroles, n'avaient plus aucune ampleur. Comment avait-il pu se satisfaire de cette vie si normale ? Un travail de juriste dans une agence publique avec des élans de grandeur relégués aux temps du loisir. Une passion par procuration parcourue à travers les lèvres des acteurs, les lignes des écrivains. Tous ses affects se défoulaient dans le théâtre qu'il fréquentait assidûment depuis de nombreuses années.

Le peuple de ses vraies émotions manifestait sa désapprobation par une révolte insidieuse qui le rendait apathique. Ne plus avoir envie de rien dénonçait-il la frilosité à vouloir vivre enfin de tout ? Son cerveau était submergé par la grande vague de l'énergie sombre. Lui d'ordinaire si impétueux à lire à voix haute, faisait face à la poussière de sa bibliothèque sans bouger. Il ne contrait plus sa bonhomie cordiale et sa servitude molle en interprétant des rôles taciturnes tel le Roi Ferrante face au miroir. Les livres étaient devenus des barques d'encre vide dans ses yeux. Sa bouche restait sèche. Plus aucune intention n'impactait durablement son attention. Elles étaient des salves électriques courtes. L'élan de se lever et déjà la chaise le retenait par toute la gravité de son bois. Il restait des heures attablé, collant les miettes sous ses doigts pour les relâcher dans des rainures inaccessibles. La télévision dilatait l'énergie de ses tubes dans un grand ronflement et conférait une menue familiarité à l'atmosphère. Ses soirées se déroulaient en compagnie d'un vide incompressible. Les bougies semblaient ne plus avoir d'oxygène à brûler. Son appartement résonnait d'une détresse sans paroles.

Nous étions Dimanche, Monsieur remontait la rue du Ciel. Sortir de la monotonie un temps, se satisfaire en récupérant un peu d'argent. Ce site indiqué par sa cousine était effectivement un bon coin. Tout se revendait par région et par thèmes. Il avait eu plusieurs appels pour ses billets du théâtre national. Il préférait l'échange en main propre. Dans deux heures, il revendrait ses places à une voix féminine qui l'attendrait place du Vieux Pressoir. Il ne pressait pas le pas. Il avait trop de temps jusqu'au rendez-vous. Il projetait simplement l'heure de la transaction et ne semblait aucunement intéressé par la rencontre d'un nouveau visage. Il fallait occuper son sang avant l'entrevue. Une pâtisserie lui ouvrit son antre rose et sucrée. Le bruit des cuillères l'hypnotisait. Il aimait davantage le chocolat depuis qu'il ne lisait plus. Il semblait se satisfaire du bavardage des personnes alentour, de leur pépiement d'oiseaux des villes.

La femme arriva, son port de tête intrigué, l'identifia de suite. Il s'avança avec un sourire solennel et le sourcil légèrement levé en guise d'interrogation. C'est elle qui dit « pour les places de théâtre?» Un hochement de tête, une vérification respective du contenu des enveloppes. Le compte y était. « Au revoir et bonne journée». Il l'acheva blotti dans un bar à regarder les autres sans les voir. Le niveau de stimulation de l'espace y était intense. La quantité d'informations disponibles était telle que tout devenait brouillard. Il se confondait ainsi avec l'état de son esprit. Si le manque d'exhortations de son appartement pouvait être à l'origine d'un sentiment tenace d'ennui. L'inverse, par un surplus d'informations, avait autant de répercussions négatives sur le fonctionnement de son affect. Sans aucune résistance, la vague sombre continuait à creuser sa lame.

Lorsqu'il ouvrit sa boîte mail noyée de publicités. Monsieur bailla et se prépara à cliquer sur la petite croix. Mais une sollicitation qui avait l'allure plus intime retint son attention. Miracle, quelque chose impactait son cerveau comme les ondes concentriques du jet du caillou ride la mare. Tant que les rides se forment, la vie s'étire ! Il acheva sa remontée à la surface par un allongement vif des muscles de ses bras. La lecture fut rapide et répétitive. C'était la femme de la place du Vieux Pressoir qui le remerciait pour la vente des billets. Elle avait passé une merveilleuse soirée suspendue dans « La Place Royale » de Corneille. Que contenait cet élan : une simple politesse, un excès d'entrain ou le désir de fendre une solitude ? Déjà le message avait du bon, il le faisait réfléchir, imaginer. Ainsi la projection reprenait un essor. Il y avait un après, les prémices d'un désir, quand les questionnements tissent leur toile dans l'être. Que fallait-il répondre ou, plus simplement, fallait-il répondre ? Cette tergiversation anima un dialogue, qui peu à peu le renouait, à son intériorité en reste. Il sortit pour flâner dans ses pensées. La marche avait l'art de fatiguer ses réflexions. Athlète de l'affect, il avait toujours parcouru la ville avant une quelconque décision. De retour dans son abri, il tapota un message rédigé en chemin. Il s'agissait d'être concis mais ouvert. D'être chaleureux mais pas enflammé. Il tourna autour de quelques formulations et se décida à appuyer sur le bouton « Suppr ». Il attendrait encore quelques jours, l'esprit en prise à cet hameçon de fortune.

La femme s'appelait Michèle. Il lui répondit quatre jours après. Leur correspondance dura quelques semaines. Ils finirent par se revoir. Elle était plus jeune que lui. Afin de se rendre plus attirant, il s'inventa une autre vie. Elle ne divulguait aucun penchant amoureux juste une vague attirance. Elle ne semblait porter aucune attente, dépouillée par le même instinct que lui. Tuer l'ennui. Il se laissa faire et elle aussi. La proie et le prédateur n'étaient pas définis ainsi aucun définitif ne stressait leur lien. Ils se dissimulaient pourtant. Leur relation se construisit sur un mensonge et c'est ainsi que Monsieur ralluma sa vie.

Depuis quelques temps, Michèle était prise de sueurs nocturnes. Elle chercha les causes possibles sur internet et pâlit à la lecture des éventuelles prémices de la ménopause. Michèle, dont l'instinct maternel était très développé, n'avait pas encore d'enfants à l'âge de 37 ans. Elle parlait aux arbres, avertie par l'éclat discret d'une mère universelle. Elle portait cette volonté d'éternité, la nécessité de cajoler, de protéger et de transmettre. Mais la vie avait amoindri ses élans. Comment se libérer des longues échardes dans le cœur ? Elle marchait colorée par un désir de procréer sans trouver le père. Elle avait abandonné l'idée de trouver l'amour. A vrai dire, elle ne regardait pas Monsieur avec l'envie de former un couple mais comme un possible géniteur. La pression des années criantes

66

dans sa malle était intenable. On fait l'amour pour avoir un enfant mais ce n'est pas la volonté de faire un enfant qui fait un amour. Michèle tournait autour de sa morale, percutait son idéal comme un papillon dans une lumière brûlante. Elle la fit valdinguer en continuant à voir Monsieur à intervalles réguliers avec une prise de pilule interrompue. Elle pouvait se résigner à l'indépendance mais pas à la solitude engendrée par l'absence de transmission.

Monsieur brillait dans son rôle de composition. Il s'était inventé une autre vie d'homme d'affaires marié. Lui qui avait si peu connu l'amour charnel se mettait dans une autre peau pour le vivre. Il lui semblait que ce qu'elle aimait en lui c'était le mystère et sa part d'inaccessible. Après quelques temps sans entrevue, il lui proposa un week-end maritime et romantique qu'il feignait de prendre à la dérobée du séjour de son hypothétique femme chez sa mère. Il alla même jusqu'à gesticuler au restaurant pour atténuer les bruits alentour en mimant une conversation téléphonique avec elle. Michèle se convainquait que ses desseins de mère solitaire étaient une bonne réponse au rôle qui lui était assigné, sa maîtresse. Elle n'attendait surtout pas de lui qu'il quitte sa femme. Ils étaient semblables et magnifiques dans le mensonge. Le fard puissant distrayait leur vie et les faisait accéder à une part d'eux même jusque là reléguée à l'oubli. Leur enthousiasme s'alimentait donc de lui même. Les onces de culpabilité, qu'ils pouvaient ressentir respective-ment à des instants différents, leur conféraient une attention décuplée. Ainsi ils vivaient des moments suspendus et touchants de tendresse. Du sentier d'Alep à la tour Solidor, ils fatiguaient leurs yeux dans les grandes eaux cycliques où dormait le visage de leur mascarade. La mer tranquillise l'esprit tout en l'animant. Ils se jetaient dans cette fasci-nation comme dans la leur. Cette expérience les restaurait du vide. Un soleil de plomb s'élançait sous une brise glaciale. Les gens se pressaient dans les cafés, enveloppés comme des poupées. Eux s'arrêtaient au soleil sur un banc à l'abri du vent, ils parlaient peu et s'embrassaient beaucoup. Michèle rentra de leur week-end fortifiée et enceinte. Elle ne se doutait pas que ça irait si vite, persuadée d'être peu fertile. Son histoire avec Monsieur continuait tranquille.

Trois mois après, Michèle s'apprêtait à mettre un terme à leurs entrevues et escapades coquines jugeant son ventre trop rond pour qu'il ne se doute de rien. Elle prétexta une mutation. Monsieur en fut bouleversé et lui proposa de se revoir à intervalles moins réguliers dans sa nouvelle région. Elle accepta... Après neuf mois de relance insistante de son amant. Une réponse laconique laissa place à un baiser impatient, qui les fit tournoyer quelques minutes sur la place aux Oignons. Ils se retrouvaient à Lille. Michèle y arrivait toujours un jour avant pour connaître les rues, un guide touristique à la main. Ils s'aimèrent ainsi pendant trois ans jusqu'à ce jour où tout se brisa. Non pas leur amour mais le mensonge qui l'avait initié. L'amour commence souvent par l'extrême sincérité du corps et de l'âme et finit par des subterfuges, des petits ou grands arrangements avec le vrai... Mais, pour Monsieur et Madame, mes parents, ce fut en sens inverse qu'ils prirent la file des sentiments. Aujourd'hui ils s'aiment démesurément et mettent un point d'honneur à tout se dire pour m'éduquer. Mais me croirez-vous?

Frontières

Ils se croisaient tous les jours. Chloé lui adressait un salut de voisinage, parfois un mot de circonstance. Sa beauté lui faisait mal. Simon avait un travail alimentaire aux deux sens du terme. Il servait les hôtes de « Chez Mario » et mangeait quelques restes en fin de service. Il n'avait pas beaucoup de chemin à faire pour rentrer, de l'audace en suspens. Des marches en ferraille le menaient à une maison minuscule derrière le restaurant, accrochée à la lisère de la fenêtre de Chloé. Seul le lilas, qui caressait les murs lézardés de la maisonnette, paraissait la ravir. Elle cultivait ses jardinières face au logement défraîchi de Simon avec la patience du paraître. Elle s'avérait sensible aux charmes d'une nature épisodique, captée au volant de week-ends campagnards vite épinglés sur des albums photos, dont les odeurs et la saveur ne font que passer. Chloé était une jeune propriétaire de 30 ans, active et bohème, comme la plupart des habitants de cette copropriété. Simon partageait avec eux la cour et les détestables poubelles, sans abri, qui chagrinaient leur regard. A l'Assemblée Générale du Syndicat de Copropriété, il avait été décidé de bâtir un mur, une palissade afin de trouver une solution. Il devenait urgent de faire disparaître ces conteneurs de leur vue. Simon ne participait guère à ces réunions, locataire d'un modeste foyer qu'on défalquait de son salaire. De toute manière, ses préoccupations ne s'attardaient pas sur l'esthétique. Les habitants charmants pratiquaient le rejet à outrance : de l'emballage des cookies en passant par le rasoir jetable, les mégots de cigarette, les restes culinaires des filles inquiètes, la panoplie de notices pour les nouveaux portables ou les tonnes de publicité non lues. Les immondices partaient vers une frontière inconnue et dont le nom leur importait peu, pourvu que chaque vie reste jolie à côtoyer. A l'instar de ce regard de vérification jeté le matin dans le miroir, il était nécessaire de plaire et de tapoter vite sur tous les boutons croisés, y compris celui du bonjour.

Le bonjour de Chloé ! Simon l'aimait et en cajolait chaque syllabe dans son petit cœur de cuisinier. Lors de ces échanges fragmentaires, il ne pensait plus à sa vie passée. Il fallait qu'il s'invente chaque jour une suite, une aurore vers laquelle son regard intérieur pourrait se poser, une projection vers l'avant. Le passé, tournant dans son regard blessé, lui avait valu quelques fins de nuit à cuver sur un banc public. Il était temps de penser à autre chose.

Le mur était en suspens. Les décisions mettaient quelques semaines à venir à pied d'œuvre. Un après-midi, en déposant les cartons des boissons dans la poubelle jaune, Simon croisa un ouvrier avec un mètre-ruban à la main. On estimait la hauteur utile à 1,80 m. Chloé, arrosant le soir même sa ciboulette chinoise, ne pensait pas à Simon. Elle se disait « vivement la palissade ». Afin d'harmoniser la cour intérieure, on la choisirait en mélèze de teinte naturelle répondant au volume de liaison avec la façade de l'immeuble habillée du même bardage à claire-voie en lames horizontales. Le lilas arborait de lourdes branches mais ses fleurs étranglées de soleil tiraient déjà vers le jaune. Dans le parterre, un rosier planté par les mains exquises de Chloé laisserait bientôt éclore une rose rouge. Un hibiscus lancerait sa symphonie blanche devant la fenêtre ouverte de son salon. Elle aimait le parfum délicat des fleurs pour combler ses ouvertures vers le dehors qui prenait la couleur de son exigence bucolique.

70

Simon vidait le reste du plat de la veille dans la poubelle bleue. C'était dimanche matin, volets clos. Chloé patinait encore dans la douceur lente de sa nuit. Quelques gouttes d'un orage matinal perlaient sur la ciboulette chinoise. Les yeux ramenés vers le sol, il marqua un temps d'arrêt. Des lignes blanches étaient dessinées le long des poubelles. Une démarcation imminente. L'emplacement de la palissade. La maisonnette, tissant sa laideur à l'arrière de la cour, allait être recluse au même titre que les poubelles. Les escaliers en ferraille ne monteraient pas assez haut. Son regard allait être privé du filet des fenêtres de Chloé. Son joli bonjour s'envolerait vers la palissade, non plus sur son visage aux aguets. Le printemps et ses élans tombaient aussi vite que les fleurs du magnolia. S'apprêtant à partir aux provisions, Simon se dit qu'un jour tout de même il oserait. Parler à Chloé. Passer la frontière de son bonjour pour déposer, dans son oreille de nacre, quelques bribes de son histoire. Cette idée l'aidait à trouver le sommeil.

Un espoir trônait, se laissait usé le bois par le soleil, le fer forgé en était brûlant l'après midi. Chloé l'avait installé dans la cour avec son attention de mère, sa générosité de louve. Elle avait paraphé une affichette accrochée à côté de celle du tri « La table que j'ai mise dans la cour est à la disposition de tous ». Simon se sentait sur le fil du tri. A la disposition de tous. Il n'en faisait sûrement pas partie. Lui, le cuistot d'arrière cour, sans appartenance, tenant dans les paupières du souvenir le ruisseau d'une enfance avortée. Un jour, il faudrait qu'il lui dise comment ça se passait là-bas, l'enjeu d'un territoire. La nuit, ces souvenirs le gardaient dans des entrailles sombres et soufrées. Ils couraient de travers comme des lapins noirs et lui brisaient le souffle. Un râle le hissait hors des draps, réveillé par ses propres cris. Aucune famille pour calmer l'ardent vide. Quand il pleuvait à sa fenêtre écaillée, il entrouvrait le battant laissant l'odeur de cette terre de ville lui monter aux narines. Il suivait le chemin de la pluie, penchant sa tête au dessus de ce puits immense où tout se broie, se tord et se recycle. Il craquait une allumette pour fumer un peu d'herbe. Ses yeux se hissaient des poubelles vers la cime du lilas. Il tentait de démêler ses liens vers l'origine douloureuse invoquant l'amnésie volontaire. Chloé dormait en face, sous de hauts plafonds, cajolant l'odeur des ses rêves avec une bougie parfumée à la praline rose.

Un matin, la radio diluait les informations du jour. Rouen allait rendre la tête d'un maori vieille de 135 ans à la Nouvelle Zélande. Chloé écoutait distraite, une tasse fumante à la main. Elle posa sur la cour son œil d'inspection quotidien. Son petit parterre et ses fleurs allaient bien. Une mèche divulguait une jolie boucle que le vent soulevait. Simon, caché derrière son rideau, enviait la distraction du vent, trop sali par les cauchemars de la nuit pour oser croiser le regard de Chloé. Elle oublia sa tasse sur le rebord de la fenêtre. L'esprit de Simon cavalait sur les actualités. Qui voudrait de ses restes, où échouerait sa tête ? Fer du passé dans le rouge de ses pensées. Rien ne serait rapatrié vers cette frontière salie. Crosse, froideur du métal, petits pieds lourds, œil injecté de sang, faim immonde au ventre, odeur de colle, cris éparpillés, drôle de puissance. Une porte s'était refermée avec insistance. C'était la révérence de Chloé en partance pour sa journée de bureau. Pour lui, il était temps de rejoindre les ombres de la sauce tomate et le contact de la pâte blanche.

Ils étaient tous deux attablés dans la cour, sous la tonnelle naturelle du lilas, feuilletant un catalogue. M. Masson et Chloé avaient été désignés par la copropriété pour choisir la palissade. Ils adressèrent un sourire poli à Simon qui se dirigeait vers les poubelles. Ses bras amples à l'idée de Chloé retombèrent sur le couvercle impacté de mouches. Chloé était prise par d'autres préoccupations. Ses dents

blanches dansaient devant le voisin du dessus si fréquen-
table. Elle aimait partager avec son semblable le choix de la
palissade tel un couple se baladant main dans la main dans
un magasin de bricolages. Simon avait démasqué Chloé.
Elle se projetait plus qu'elle ne vivait. Sa main, tortillant une
mèche blonde, en disait long sur ce qui la traversait. Elle
était désirable mais détestablement prévisible.

— Et pourquoi ne pas opter pour un grillage ?
— Mais Mme Beck, vous n'y pensez pas !
— Oui un grillage séparera mais ne cachera pas les
poubelles...
— Vous savez, il existe des conteneurs de bois en
kit.
— Il y a trop de poubelles, un pour deux poubelles ça
en ferait sept...
— Pas assez de place !
— Le grillage serait tout de même beaucoup moins
cher.
— Nous avons trouvé une société qui fabrique des
abris en bois sur mesure.
— Ça coûte combien ?
— Un bon rapport qualité prix...Une armature
galvanisée avec tôle de toit et des panneaux en sapin traités
à cœur.
— Euh... Plutôt du mélèze.
— Pas d'idée des prix ?

La réunion battait son plein dans la cour, on votait à
main levée. Simon n'était pas du cercle. L'abri en mélèze
l'emporta, Monsieur Masson s'étant proposé de combler la
différence sur la ligne des dépenses prévues initialement.
Chloé affichait un air mutin et satisfait. Sa main pressa celle
du voisin étincelant, prêt à aligner davantage. Monsieur
Masson était un homme de situation. Et Chloé s'avérait la
plus concernée, la seule habitante du rez-de-chaussée hormis
Simon à ouvrir ses fenêtres directement sur la cour. Mais la

voix de Simon ne comptait pas. On le tolérait, lui souriait avec d'innombrables interrogations. Comment vivre dans une maisonnette si étroite ? Si seulement... On aurait pu en faire un local poubelle ! ça aurait bien soulagé. Toujours ce manque d'espace ! Le patron de Simon, propriétaire du restaurant, avait d'autres soucis. Les fins de mois étaient rêches. Il fallait penser à développer une activité de livraison de pizzas, les gens ne sortant plus au restaurant. Baisser les prix et donc les salaires, demander le vieux scooter du cousin. Simon préparerait le maximum de pâte en avance pour enfourcher aussitôt les livraisons.

Quand la palissade fût dressée, l'été battait son plein et Chloé respirait enfin. Elle semblait satisfaite et passait davantage de temps, attablée dans la cour. Protégée de la vue des ordures, la nuque doucement inclinée, elle chuchotait vers ses fleurs. Simon la croisait toujours le cœur métamorphosé en tambourin. Après maints soliloques devant le miroir, il avait décidé de passer un cap, lui proposer un thé à la menthe. Un samedi caniculaire, Chloé se leva de la table alors que Simon arrivait dans la cour. Le rouge encra les joues du cuistot. Il se figea. Elle se dirigea vers le parterre pour y ramasser les pétales de roses flétris par le manque d'eau. Simon prit une grande respiration et avança dans cette brèche :

— Un été trop sec pour vos belles roses...

— Bonjour, oui cette sécheresse est harassante pour tout le monde !

— Je pourrai les arroser après mon service si vous souhaitez...

— Oh...Vous feriez ça ?

— Bien entendu.

— Merci vous êtes charmant.

— En parlant de se rafraîchir, j'ai préparé du thé à la menthe, vous en voulez ?

— Euh, disons que j'ai plutôt envie de glaçons...

— Vous savez c'est une idée reçu chez les occiden-
taux…Que boire froid… Boire chaud hydrate davantage !
— Ah bon, je ne savais pas…
— Alors vous essayez mon thé ?
— Euh… pourquoi pas…
Il s'empressa, guilleret comme un oiseau, vers le
restaurant pour y prendre le service à thé. Le téléphone
sonna. Il hésita, mais elle pourrait croire que… Répondit à la
sonnerie. La livraison des conserves était en retard. Tant
mieux. Il disposa le tout sur le plateau, pensa à ajouter une
fleur, se ravisa. Chloé se recroquevilla un peu à la vue des
deux tasses. Elle lui proposa de s'asseoir comme contrainte.
Peut-être aurait-il dû la servir puis retourner à ses tâches, lui
parlant de loin. Il gesticulait comme un être qui n'était pas à
sa place. Elle lui souriait ne sachant que dire. Simon reprit
ses espoirs et se lança :
— Chaude journée, une des pires que j'ai connue
ici…
— Oui, on se sent vite fatigué !
Silence de fosse
— ça fait pratiquement un an que je travaille au
restaurant…
— Vous vous y plaisez ?
— Oui, oui, ça va, tout se passe bien…
— La maison qu'il vous loue a l'air plutôt étroite !
— Oui mais bon : c'est le luxe comparé à une
paillasse à même le sol…
— Dormir sur une paillasse ? ici ?
— Non, disons dans une autre vie.
— Je ne vous suis pas trop bien… Où ça ?
— Loin d'ici, un autre continent, loin du confort.
— Vous venez de quel pays?
— Oh, de très loin…
— Pourquoi tant de mystère ?
— Disons que … j'ai, enfin…. j'ai souffert…
— Je suis désolée.

— Il se fait tard, je vais retourner à mes préparations pour les pizzas de ce soir !

En se levant brusquement, ramassant les deux tasses. Simon sentit la vigueur d'un étalon s'emparer de son être. Ses épaules hâlées étaient larges. Chloé le dévisageait à présent, avait l'envie d'en savoir davantage sur lui, le mystère étant le liant inhérent à toute relation naissante. Il avait planté la première cordée. Dans le tournoiement de la cheville de Chloé, un désir furtif ondulait.

Quelques jours plus tard, Chloé passa la porte du restaurant. Elle venait commander une pizza. Simon malaxait la pâte. Elle s'adressa à lui le regard fuyant vers la vitre.

— Je ne vous ai pas vu dans la cour ces derniers jours.

— J'ai pourtant arrosé vos fleurs chaque soir… avec un pas aussi léger que celui d'un merle...

Elle rit. Le désir furtif vint à nouveau se déposer en fine pellicule dans ses yeux. Elle jouait sans le savoir. A la proue lustrée de son quotidien s'accrochaient des filons terreux, souhaits d'aventures. Faire pousser des fleurs dans le désert, observer le croissant de lune de l'orient, écouter la tonalité de la mangrove, sentir le soleil irritant des matins sauvages. Cette fille était une fée au bord de la branche, attendant le signal pour oser la vraie vie. Enfin sortir de la pièce du diktat du paraître.

— Vous prendrez un thé à la menthe après votre pizza ?

— …Pourquoi pas ?

— Vous serez sur la terrasse. Je vous rejoins après mon service... ?

— Bonne idée... A tout à l'heure...

La nuit était claire, quelques étoiles irriguaient le ciel. Les cheveux de Chloé bouclaient davantage dans la tiédeur du soir. Elle attendait une cigarette à la main et en proposa une à Simon. Le thé dégageait sa fumée comme un bain préparé pour la reine de Sabbat. La lune était comparable à un visage qui souriait. Des échanges de coutume ricochaient sur les dalles craquelées de la cour. Chloé s'aventura sur les terres de l'histoire de Simon avec ce langage détaché que prennent les femmes soucieuses de masquer leur intéressement. Il dépliait peu à peu les lignes de sa vie pour atteindre son âme et ne pas se contenter de la surface vitreuse de son désir d'exotisme. Il marquait des pauses figeant ses sourires. Une cicatrice se dessinait sur sa joue gauche. Il portait dans ses veines quelque chose d'insoumis. Les ongles de Chloé traçaient des sillons d'hirondelle sur la table. Les petits sifflements de ses gorgées de thé atteignaient la nuque de Simon qui masquait son frisson. Il venait de loin, de là-bas. Depuis combien de temps déjà était-il arrivé en France ? L'écoute de Chloé se tendait comme un arc. Elle ouvrait le filet de ses questionnements avec délicatesse. Simon prenait de la hauteur sur son passé, spectateur du déroulé de sa propre histoire. Étonnamment, il paraissait en pleine possession de ses moyens devant la baie rouge, que formait la bouche de Chloé, quand il laissait un silence monter. Une volupté vaporeuse planait sur eux. L'enclume, que le quotidien accrochait aux pupilles, se levait dans cette soirée d'échanges. Le temps déroulait sa trotteuse imperturbable mais rien n'était piquant. Il recherchait du thé. Elle tortillait les mèches de ses cheveux derrière son oreille. Ils contemplaient le rosier en suçant leurs doigts parsemés du sucre des pâtisseries orientales. Dans le reflet du miroir du restaurant vide, Simon s'était trouvé beau. Chloé avait allégé son corps tout entier en prenant le temps de le regarder. Elle semblait ne plus pouvoir rentrer dans son appartement sans savoir. Le ciel devenait intime et leurs paroles empruntaient le chemin de la confidence. Elle se livra davantage, le bord de la branche frétillait de l'envol de la fée. Elle parla de son père, de cette faculté qu'il avait à glisser sur le givre des tablées familiales et d'allumer la maison. Il lui avait transmis l'accès à la joie. Elle ne portait pas beaucoup de morteseaux dans la gouttière de ses yeux. Son histoire semblait simple et heureuse. Elle avait quelques frustrations à ne pas avoir réussi, du premier coup, à combler l'ambition parentale. Elle avait fini par satisfaire la lignée en étant à la tête d'une équipe marketing mais elle était entrée par la petite porte. La haute école de commerce n'avait pas voulu d'elle. Ses deux années de prépas intenses lui laissaient une impression serrée comme une laine épaisse qui gratte le col des souvenirs. Sa terre intellectuelle aurait pu tenir Simon à l'écart mais elle le guidait, magnanime, dans l'explication des études supérieures et des diplômes français. Les box sociaux, à ses côtés, se muaient en suave légèreté. Ils allumaient une énième cigarette revenant à lui. La discussion palpitait et son souffle se fit court. Il suspendait de plus en plus ses phrases, sentant le croisement approchait. Il aurait pu se lever et rejoindre sa maison couleur de paille mais il n'en avait pas la moindre envie. Tous ses membres étaient détendus, une rosée étincelante l'enrobait, celle qui éloigne de l'amour anxiogène : la confiance. Il savait qu'à la commissure de ses lèvres tomberaient des mots rocailleux. Mais que l'atmosphère souple était prête à les accueillir. Chloé avait le visage de la lune à présent, elle ne pouvait que garder l'empreinte du sourire. Le passage d'un papillon de nuit agrippa la voix de Simon. Les bras, que Chloé plaçait en auréole autour de sa propre tête, l'encouragèrent. Les mots tombèrent comme ça. Enfant soldat. C'est ce qu'il était là bas. Peu importe comment et pourquoi ? Pas d'autre choix. Les frontières n'avaient pas d'armures. Les frontières avaient des croyances et des milices. On faisait taire des êtres traversés par des lignes de fracture ethnique et religieuse. Le sang nourrissait les racines des arbres. Et la complainte d'un enfant à qui on avait donné une arme. Simon acheva sa confidence remplie du sable noirci des années. Il ressentait le souffle court de Chloé, les yeux rivés sur le sol, n'osant plus bouger. Le papillon se projeta vers une autre lumière. Chloé pressa l'épaule de Simon. En retour, il posa un doigt tremblant sur ses lèvres mouillées. Leurs deux regards restèrent suspendus, un long moment, sur le haut de la palissade.

Ce Jour-Là

Je me souviens d'une promenade à vélo avec Maman. Nous étions en manches courtes et j'avais eu le droit de choisir quelques bonbons chez Monsieur Tomate. C'est comme ça qu'on avait baptisé l'épicier avec Maman. Avant de sortir, elle avait tiré les tarots. Elle aimait les jeux divinatoires. Je pense que Maman cherchait de l'espoir, des messages salvateurs. C'était drôle de la voir persistante à redistribuer la donne pour tirer, à tout prix, une carte positive. Le Soleil, l'Étoile et le Monde étaient ses arcanes préférés. Elle disait à mon père que ça la détendait, la faisait voyager avec son esprit. La seule chose à laquelle elle voulait croire, c'est que le bonheur allait finir par se montrer. Et ce matin là, elle était de très bonne humeur car le soleil était sorti à la première pioche ! Quand nous étions rentrés des courses, dans son geste habituel, elle fit grincer la boîte aux lettres. Je me couvrais systématiquement les oreilles face à ce bruit strident qui me faisait mal aux dents. Elle posait, distraite, quelques lettres sur la table pour se diriger vers le frigo. On se mit à table pour manger des pâtes à la cassonade. C'était mon plat préféré. Puis Maman prit son café, en allumant une cigarette, et enfonça ses lunettes pour ouvrir le courrier. Elle prenait toujours un air concentré pour le faire. Ses yeux parcouraient, comme des chevaux au galop, les lignes d'écritures. Sa tête devint toute raide. Une rivière de pigments rouges débordait de son cou. Elle s'exclama « Oh non, pas ça, pas ça ! » Je la regardais inquiet et lui demandait ce qui se passait ? Son « Rien, rien, mon chéri... » n'était pas sincère. Elle disait toujours cela quand elle voulait me cacher la vérité. Soucieux, et sachant que j'allais voir Madame Brassard cette après-midi, je décidais de subtiliser la lettre alors que Maman faisait la vaisselle. Elle était pressée comme toujours et ça tombait bien. Elle ne se rendit compte de rien. Je la glissais avec précaution dans mon petit sac à dos et nous quittâmes l'appartement en hâte. Maman me caressa la joue en me laissant chez la voisine du dessous. Madame Brassard était une veille dame qui m'adorait. Elle était à la retraite après de longues années de travail à la Préfecture. Son seul fils était parti à l'étranger et son mari décédé. Elle me respirait comme du bon pain et me répétait souvent « Tu es comme mon petit garçon, Rémi » Chez elle, je me sentais tel un agneau dans une généreuse prairie. J'étais gâté pourri ! Ce jour-là, elle m'avait préparé un gâteau au chocolat et me proposa de jouer au jeu de l'oie. Après une première partie que j'avais gagnée, je fis un petit sourire chapardeur comme elle disait. Elle me demanda ce que j'avais ? Sans plus attendre, je courus vers mon sac à dos. J'en sortis la lettre. Vif et déterminé, je lui demandais de me la lire. Elle avait l'air vraiment embêté. De ce coup là, moi aussi. Je rentrais les épaules, la mine un peu stupide. Elle se grattait la tête, hésitante, mais bienveillante comme font les grand-mères quand elles vous sauvent d'une grosse bêtise. Je vins m'asseoir à côté d'elle, bon élève, un peu fayot à vrai dire. Elle parcourut les lignes du courrier et son bras retomba brusquement. On aurait dit un morceau de bois mort vers lequel elle plantait un regard vague. Sa bouche avait des ridules inquiètes qui palpitaient. Elle avait la position du menton qui avait changé, comme descendu d'un manège plutôt secouant. Après quelques hésitations, elle trouva les mots pour m'expliquer que mes parents devaient quitter l'appartement. A présent debout, Le front collé à la vitre, elle répétait « On va trouver une solution, on va trouver une solution... »

Le soir même, je profitais du coup de téléphone de Maman qui durait pour remettre la lettre à sa place. Mon petit cœur battait toujours très vite quand je prenais des choses interdites, mais j'aimais bien ça quand c'était fini et que j'avais réussi. J'ouvrais ensuite la boîte en fer sur la commode, là où Maman mettait la monnaie pour les provisions. Il n'y avait plus que des pièces jaunes dans la boîte. Je me sentais triste. Demain, je descendrai mes jouets dans la cave, je la fouillerai pour en trouver d'autres. Je dirai à mes copains de l'école que mercredi prochain j'organise une grande braderie au sous-sol. Comme ça, je pourrai récolter de l'argent pour payer le loyer. Maman raccrocha avec Tante Clara. Je rangeais toutes mes idées dans ma tête et ne laissais rien dépasser de mon visage. Je rejoignais ma naïveté reposante, le temps du bain. Derrière la porte, je percevais le sifflet de la cocotte-minute, Maman préparait une soupe à la tomate. Mais je l'entendais râler toute seule. Elle reniflait comme si des larmes acides étaient appelées par une chose pire que l'oignon. Papa était, une fois de plus, parti « tout claquer » pour l'apéro au bistrot du quartier malgré leurs maigres ressources. Je savais que, quand il rentrerait, ce serait une dispute comme d'habitude. Et moi à côté impuissant, dans une gêne totale. La porte d'entrée, justement, s'ouvrit. Je restais recroquevillé devant les images de la télé, en tortillant mes mains dans mon pyjama. Après quelques minutes d'un accueil belliqueux, la tension entre eux retomba. J'entendis ma mère lui annonçait qu'elle venait de recevoir un avis d'expulsion. C'était donc ça le nom, que les gens donnaient, à ce qui nous arrivait. L'avis d'expulsion, quand on vous demande de quitter votre maison la bourse sèche, comme un chien vers qui on brandit un bâton alors qu'il aimait sa cour. Expulser comme d'un siège d'une fusée, comme un voleur ou le capuchon d'un stylo. D'un coup vif, délogés dans un autre espace. Et comment se fait la chute ? Avec ou sans parachute ? Je me disais que le Président de la République aurait pu attendre encore un peu avant de nous expulser comme des mauvais capuchons. C'était sûrement à lui qu'il fallait payer le loyer parce qu'on le voyait souvent à la télé. La dernière fois, il répétait qu'il redonnerait un travail à tous les Français. Pourquoi il n'en trouvait pas un à ma Maman ? Mais, moi bientôt, je pourrai payer le loyer et les sauver avec l'argent de ma grande braderie. Je sortais du salon pour les rejoindre dans la cuisine car je n'entendais plus rien. L'air était calme, blanc d'un seul coup. En ouvrant la porte, pour la première fois depuis très longtemps, je les voyais s'étreindre pleurant tous deux à chaudes larmes se rassurant l'un l'autre. Ils me regardèrent avec un sourire réconfortant :

— Mon chéri...Nous allons bientôt devoir partir de la maison.

Face à leur détresse assumée, je devins guerrier !

Le lendemain, avant d'aller au terrain de jeu de la résidence, j'étais descendu dans la cave fermement décidé à aider mes parents. Ils paraissaient émus quand je leur dis que j'allais organiser une braderie pour vendre mes jouets et mes bandes dessinées. J'étais certain de récolter assez d'argent pour envoyer le loyer au Président. Ils m'expliquèrent que ce ne serait pas suffisant et qu'on ne payait pas le loyer au Président. De toute manière, si je n'avais bientôt plus de chambre pour ranger mes jouets, autant les vendre. Maman appréciait ma logique percutante. Je le lisais dans ses yeux pétillants. J'étais ses bulles de Champagne, le meilleur, puisqu'elle n'en buvait jamais d'autre. Je réalisais que la faire rire me procurer une joie qu'on ne pourrait jamais m'enlever. Madame Brassard arriva et s'assit sur le banc, à côté de Maman. J'avais peur qu'elle dise que je lui avais ramené la lettre. Mais elle me fit un clin d'œil complice et secoua la tête comme pour en faire sortir une baguette magique : « On va trouver une solution ». Je m'accrochais à ses mots comme mes petites mains au croisillon vert de l'échelle horizontale qu'il ne fallait surtout pas lâcher. Ne pas tomber dans la mare aux crocodiles, hisser le menton, balancer fort les pieds. Atteindre la voix de Tristan de l'autre côté, mon meilleur ami qui habitait ici et que je ne voulais surtout pas perdre de vue ! Ma vieille complice demanda à Maman comment elle allait ? Elle répondit, évasive, en tournant la tête comme une tourterelle blessée :

— Mes recherches d'emploi ne donnent toujours rien...

A ce propos, Madame Brassard afficha un visage déconfit en se tenant le bas du dos

— Ah... Dure vie ! J'ai de plus en plus d'arthrose, vous savez...

— Je ne vous embêterai bientôt plus avec Rémi.

— Surtout pas, vous ne m'embêtez pas ! D'ailleurs seriez-vous d'accord pour faire le ménage chez moi ?...

Et Madame Brassard se redressa en glissant une enveloppe à Maman.

— Prenez déjà ça et réfléchissez à ma proposition.

Alors que Maman protestait par fierté, elle s'était déjà levée comme divinement libérée de son mal de dos. Elle insista :

— Je ne veux pas que vous partiez ! Rémi est comme le petit enfant que je n'ai pas...

Les autres mamans de la cour s'immobilisèrent en entendant cette phrase, se rapprochèrent de la mienne. Mon père arriva de la cave où il faisait du tri. Le monde s'attroupait et répétait :

— Nous non plus, on ne veut pas vous voir partir !

Madame Brassard avait récolté les dons de chacun dans l'enveloppe. Elle ajouta qu'elle avait un ancien collègue à la Préfecture, avec qui elle avait rendez-vous, pour trouver une solution à notre avis d'expulsion. J'atteignais l'autre rive sous les applaudissements de Tristan. J'assistais à la scène, je me hissais encore plus haut dans le ciel. Le soleil chatoyait ses doux rayons, comme une couverture sur ma joue, et le cœur de mes voisins le côtoyait.

Si je vous raconte cette histoire c'est, qu'aujourd'hui, je suis un homme heureux. Et ça paraît suspect ! Surtout en étant simple vendeur d'électroménager, avec une vielle voiture pour aller respirer l'air des montagnes. C'est tellement magnifique le lac Léman... Parfois, je me couche sur la rive jusqu'au crépuscule. Je cherche les pléiades, la pouponnière des étoiles. Je tire sur mes yeux pour absorber cet écrin bordé par les Alpes imposantes et blanches. On me rigole souvent au nez quand j'affiche mon optimisme légendaire. C'est lui qui fait ma force. Oh ! J'aurais pu vous raconter les injures échangées avec des visages crispés, les mains nerveuses sur les volants noirs. Le carbone en fumoir qui étend sa triste poudre dans le gosier du rossignol. La crise dans tous ses adjectifs : économique, conjugale, sanitaire. Je pourrais avaliser les vers du taciturne Baudelaire qui prônait que le ciel était vide et que le progrès uniquement matériel était la pire des sottises. Ou me fasciner des faits divers, des corps morts retrouvés dans la mare, des évaluations à chaque coin de rue, dans les vitrines. Combien vaux-tu ? Combien de fois, le fais-tu, par semaine ? Ou prendre une bouche d'expert : le STEC, cette shiga-toxine de l'*Escherichia coli* qui intoxique les steaks surgelés. Les ondes basses fréquences de nos portables échauffant la cervelle, le formaldéhyde des bois agglomérés classé cancérigène, la prédation sanguinaire des puissants. Je pourrais m'essouffler du sordide de l'humanité. La laideur n'est pas excusable. Mais j'ai ce souvenir ancré, merveilleux, alors que j'avais à peine sept ans. Cette vague immense de solidarité. Ce sourire multiplié qui renverse en une fraction de seconde tous les préjugés et la lassitude que l'on ressent à l'égard de nos semblables. Je dirais nos égaux, comme égal au pluriel, conjugué dans la multitude des veines qui battent chaque jour vers un élan flamboyant. Et non ego, comme gonflette de l'affect, qui n'est qu'une compensation inutile de ce qui nous est impossible de nier. C'est ensemble qu'on se sent transporté, utile et transcendé. N'avez-vous jamais ressenti ce frisson de la communion, dans un concert, quand on crie à l'unisson un air que l'on aime ? Dans une manifestation pour défendre nos droits ? Dans une victoire sportive ? Dans un drapeau en berne pour soutenir la tristesse des familles des victimes ? Et même si mon discours ne fera jamais la une du vingt heures, c'est magnanime que je vous demande de chercher ce moment rare qui a sauvé votre cœur. Il suffit d'en avoir un, un seul, pour faire valser l'atermoiement ambiant, renouer l'espoir fou autour du cou. Il est là, derrière les verrous de votre mémoire, à s'endormir pelotonné dans le noir. Ça vous remet debout, d'avoir pu un seul jour, ce jour-là, ressentir la beauté de l'humanité battre en vous et pour vous !

À propos de l'auteur

Née dans le Nord de la France en 1977, Juliette Mouquet écrit depuis l'enfance puis effectue des études supérieures en sciences de la vie et devient ingénieur en santé environnementale. Attirée par d'autres cultures et l'humain, elle a réalisé différentes missions dans des pays en voie de développement (OMS et ONG). Elle anime régulièrement des ateliers d'écriture auprès du grand public et de personnes en réinsertion sociale. Récompensée par plusieurs prix littéraires et encouragée par ses pairs (Joseph Arthur, Cali, Serge Beyer...), elle a déjà écrit trois ouvrages (poésies et nouvelles) et collaboré à diverses créations musicales (parolière et interprète).

Amélie Nothomb, qui a lu ses livres dont celui-ci en avant première, qualifie l'écriture de Juliette Mouquet de « Superbe et pleine d'Esprit ». Elle a salué personnellement l'originalité de son projet « la poésie vagabonde » à travers les pays francophones.

Table des matières